日々ことばのしおり

堀井正子

JN206155

信濃毎日新聞社

目次

おてんとうさま

おてんとうさま

祖母の口癖はおてんとうさま。朝一番に、まず庭に立っておてんとうさまを拝む。遠く離れて暮らす子供や孫たちの幸せを、おてんとうさまに祈念するのだ。

おてんとうさまは輝く太陽でもあり、それ以上に大きな神のような存在でもあり、祖母はおてんとうさまに恥ずかしくない生き方を信条にしていた。

朝の緑茶と梅干しを欠かさず、いつも身ぎれいに、自分のことは自分でし、九十を越えて、すっと逝った。

睦月

むつき

1月1日

若水

わかみず

お正月、朝一番に父は若水をくんだ。庭にある井戸に出て、春の命あふれる水をくむ。まず神棚に供え、カマドの神や厠《かわや》の神、たくさんいらっしゃる家中の神さまにそなえてまわる。それから、家族そろって祝う雑煮をつくる。

ふだんは男子厨房《ちゅうぼう》に入らず。でも、お正月は特別だった。若水をくむのも、若水で雑煮をこしらえるのも、一家の主人たる男のつとめ。

父の故郷は南房総にある。

井戸が水道にかわり、若水に大自然の命をいただく風習も遠くなり、父のふとしてくれた思い出話だけが、いまも心に残っている。


一桶《ひとおけ》をわか水わかわか湯わかわか茶かな　一茶

1月2日

初夢

はつゆめ

夢に変わりはないのに、初夢はやはり特別。新しい年を迎え、なにもかもを、新鮮に感じ取ろうとする日本の文化。初日の出、初売り、初詣、初風呂などと、すべて「初」の字を付けて、これが今年初めてのと心弾ませ、心に刻む。

「初」は、すべてを一度リセットする。

真っ白になったページに、ひとつひとつ書かれていく今年の「初」。なればこそ、今年初めての出逢いに吉相をねがう。一富士《いちふじ》、二鷹《にたか》、三茄子《さんなすび》、と吉夢を念じ、枕の下に宝船の絵を敷いて寝ようとさえ思う。初夢、いかがでしたか。

初夢に猫も不二《ふじ》見る寝様《ねざま》かな　一茶

1月3日　歯がため

はがため

一族が、みな近くに住んでいた昔とは違い、親子といえども、生活拠点はかなりに広域。それでもお正月は、みんながそろい、わが家ならではのお節料理も登場する。昔々、このお節に、歯固めという愉快な呼び名の行事があった。鏡餅、大根、ウリ、押し鮎、猪肉、鹿肉など、しっかり噛《か》んで、歯の根を固め、歯は齢《よわい》に通じるから、命もしっかり固め、長寿を祈ったのだという。

長寿の根幹は歯にあり。清少納言も紫式部も、ちゃんと、歯固めを祝っていた。

1月4日　仕事始め

しごとはじめ

「おめでとうございます。今年もどうぞよろしく」で始まる一年の仕事始め。暮れの仕事納めからわずか数日なのに、大晦日《みそか》や元旦といった大きな節目をはさむせいなのか、仕事始めには新たな一年を思う心の弾みがある。

独特な職人技では斧《おの》始め、鞴《ふいご》始め、鍬《くわ》始め、とよぶ伝統もおもしろく、職それぞれ、呼び名はちがえど、心機一転の心意気が、仕事始めにあふれている。

1月5日　晴れ　はれ

空は晴れ、家族の笑顔にも新春の「晴れ」の気分がただよう。いつもの茶の間も片付いて、テレビの前には鏡餅。「褻《け》」の空間が「晴れ」の場に変わっている。

オギャーと生まれてから、人は、お宮参りや七五三、入学式や卒業式と、晴れの場に立つごとに成長の節目をひとつ越え、ふたつ越え、晴れ着に着飾る成人式は人生最大の晴れ舞台。社会を支える側へ、大きく飛躍する若者の晴れやかな笑顔があふれる。次の晴れ姿はなんになるのだろうか。

1月6日　言霊　ことだま

「痛いの、痛いの、飛んでいけ」。おまじないもろとも撫《な》でてもらうと、転んだ膝小僧の痛みが消えていく。言葉に宿る不思議な力。古代の「言霊」信仰が今も生きている。

森茉莉は父である森鷗外から、いつも「お茉莉は上等よ」とほめられ、かわいがられ、伸びやかに育っていった。

言霊は愛の力。呪いという逆方向の言霊もあるにはあるが、未来を生きる子どもたちを、愛の言霊、愛のおまじないで包んでやりたい。私たちの親がそうしてくれたように。

1月7日

若菜

わかな

「七草《ななくさ》なずな、唐土《とうど》の鳥が、日本の国に渡らぬさきに」と声高く歌いながら、俎板《まないた》をたいて作る七草粥《がゆ》。こんな素敵な風習、わが家にはなかったけれど、熱々の真っ白な粥と、鮮やかな緑は、年ごとの小さな幸せになっている。

昔、清少納言の頃、この七草を若菜と呼んだ。若菜を摘んで、大切な人に贈る風習もあった。昔の人は、緑に春の力を感じていたから、若菜もただの野の草ではなく、春の力そのもの。雪が降ろうが積もろうが、野に出て摘んで、春を贈るのである。

1月8日

お年玉

おとしだま

もらう楽しみから、あげる楽しみに、お年玉も、人生とともに色合いを変えていく。幼い子は十円玉や百円玉が大好きで、それも、もらった途端にのし袋を逆さまに、バラバラ落とすのが楽しいらしい。

保育園の年長さんになると、あげるこちらもちょっと考える。「丸いのがいい？ 紙のがいい？」と相談してみる。年長さん曰《いわ》く「紙のがいい」。紙のお年玉は人生初めてなのだ。これをお気に入りのバッグに入れ、自分で買い物に行く。これが夢なのだ。

1月9日

雪燦々 ● ゆきさんさん

燦々と 雪降る町に 住みにけり

1月10日

垂氷 ● たるひ

つらら伸び おのものおのもの 光りなす

1月11日

寒稽古 ● かんげいこ

寒稽古 熱き汁粉の おふるまい

1月12日

押しくらまんじゅう

おしくらまんじゅう

「押しくらまんじゅう、押されて泣くな、押しくらまんじゅう、押されて泣くな」みんなして叫びながら、ギュウギュウ押し合い、心も体もポッポとなる。

昔は冬が寒かった。手にも頬にも皹《ひび》がきれ、厚着に着ぶくれても、さすが寒風。朝の学校で、休み時間の廊下で、ギュウギュッと押し合う子ども集団が生きていた。

でも、押しくらまんじゅう、人間ばかりの温かみと思っていたら、小さなカメ虫も葉っぱの陰で、もっと小さなミジンコも水の中でしているそうな。

1月13日

鍋奉行

なべぶぎょう

寒い時期には、気心知れた仲間で鍋を囲むことも多い。

そんな時、世話役を買って出てくれる鍋奉行がいる。食材を入れる順序もある、下味の入れ時もある、そろそろ食べ頃だよという催促もいる。

もともと鍋を囲む気楽な仲間。「世話役」でもいいのだろうが、「鍋奉行」と大げさな命名がおもしろい。遠山の金さんが登場するかのようだが、本人もその気かな。

1月14日

連れ合い

つれあい

夫婦は人生の同行二人《どうぎょうににん》。年を重ねれば重ねるほど、かけがえのないものになっていく。それなのに、いささか戸惑うのが紹介の仕方。主人です、それとも夫。まさか知り合いの宣教師夫妻のように、マイハニーとは言えないし。

藤原正彦さんは外国で、日本の謙譲の美徳にのっとり愚妻と紹介、離婚間近と誤解されたという。照れ性の日本人、困るのである。

ここはやはり、連れ合いということばが一番かも知れない。思えば、血もつながらない者同士、人生の道連れとなり、一番安心できて、最後の瞬間まで一緒にいたいというのだから、不思議。

蟾《ひき》どのの妻や待つらん子鳴くらん　一茶

1月15日 どんど焼き ● どんどやき

どんど焼きの朝、地域の子どもたちの声がはじけ、家から家に正月飾りを集めては、広場に積み上げていく。

いよいよ点火、大人には茶碗酒もでるし、書き初めを持ってくる子もいる。長い棒の先に餅をつるし、幼い子の手を引いてくる人もいる。

赤々と炎は燃え、上昇する熱気。その熱を、手に受けて、体にもポンポン、今年一年無病息災《むびょうそくさい》でありますように。

1月16日 寝姿 ● ねすがた

おさな子の昼寝姿のかわいらしさ。笑っても泣いても、何をしてもかわいらしい幼子が、すやすやと寝入れば、ますます天使のようにあどけない。

両の手をバンザイしていたり、のびやかな大の字なりであったり、寝返りができるようになると、好みがもう一つ出てくる。横向きが好きなんだ、好みがあるんだとばかり、むっちりとした手を横に投げ出して深々寝入るおさな子。


バンザイの姿勢で眠りいる吾子《あこ》よそうだバンザイ生まれてバンザイ　俵万智

1月17日

お達者

おたっしゃ

「お達者かね」。やわらかに人生の年輪を刻みこんだお達者の響き。年をとっても溌剌《はつらつ》と、心も体も元気に過ごす。ただ体だけの元気ではないふくらみを感じるのだ。

亀の甲より年の功。年月を豊かに積み重ね、手芸の達者な人もいれば、碁《ご》の達人もいる、海外旅行の達人も、マラソンの達人も。

そんな人生のふくらみがお達者にはある。心も体も生活も達者でこそ人生の達人、そんな願いをこめて、「今年もどうぞお達者に」。

1月18日

雪まろげ

ゆきまろげ

雪の玉をころがし、大きな雪玉をつくる雪まろげ。雪の日の子どもの遊びである。それを、あの俳聖松尾芭蕉が、いかにも弾んだ心で、してみせようという。

　きみ火をたけ　よき物見せん　雪まろげ

火を焚いてくれ、君、と呼びかけられたのは門人の曽良《そら》。江戸深川の芭蕉庵近くに住み、雪のこの日も訪ねてくれた。わざわざ雪の中を来てくれたのだ。

やがて芭蕉は「奥の細道」の旅に出る。かたわらには曽良がいた。

1月19日

雪遊び

● ゆきあそび

雪晴れて 子ら渦となり 走り 叫ぶ

1月20日

福だるま

● ふくだるま

生きてあれば 今年も父母の 福だるま

1月21日

一里一尺

● いちりいっしゃく

五里ゆけば 雪は五尺の 冬ごもり

善光寺から北へ、雪が一里ごとに一尺深くなるという。

1月22日　白魔黒龍《はくまこくりゅう》

雪には牙もあらわな白魔もあれば、雪やこんこんと子供も犬も大喜びの雪もある。


　太郎を眠らせ、太郎の屋根に雪ふりつむ。

　次郎を眠らせ、次郎の屋根に雪ふりつむ。


これは三好達治のメルヘンの世界。だが、金沢育ちの泉鏡花は雪雲を黒龍と呼ぶ。

確かに、雪雲が強烈な時、恐ろしいほどの黒雲が押し出してくる。命を奪い子をさらう雪女も、魔性の白魔も、黒龍が襲う豪雪地帯の実感がこもる。

1月23日　通学路《つうがくろ》

散歩コースに山道がある。雪が深いぞと覚悟して出たら、きれいに雪がかいてある。おや?と思い、そうか!通学路だった、ここは。近くの人が出て、子どもたちのために雪をかき、通学路を確保してくれているのだ。

昔、学校まで一里もある山道を、親や村人が「かんじき」で踏み固めて道を作ってくれた話を聞いたことがある。それでも大降りの日は大変で、学校へ着いたら、今日は大降りだからもう帰れと言われて帰ったと、なつかしく話してくれた。

1月24日

干し大根

ほしだいこん

干し大根 陽《ひ》の温《ぬく》もりを覚えている

1月25日

とろろ汁

とろろじる

自然薯《じねんじょ》を父擂《す》る 魔法のごとく擂る

自然薯は山から掘ってくるくねくねの山芋。すり鉢でする。

1月26日

茶柱

ちゃばしら

茶柱に 湯飲み一つの持ちごころ

1月27日 ふろふき ● ふろふき

しんしんと寒い夜、熱々の「ふろふき」を食べる。冬大根の厚ぎりが甘くとろけて、みその香にゆずの香、「風呂吹《ふろふき》の一きれづつや四十人」という愉快な子規の句もある。でもなぜ「風呂吹」と書くのだろう。ある説に、昔は蒸し風呂で肌にふうふう息を吹きかけながら洗う姿が、ふうふういいながら食べる姿と似ていたから「風呂吹」。でも私は「不老富貴《ふろうふうき》」説が気に入っている。温野菜は体にやさしいといいますもの、食べれば老いを知らず、安くてお金もたまる「不老富貴《ふろふき》」。愉快ですね、この説。

1月28日 日めくり ● ひめくり

お正月、新しいカレンダーに、月ごとの予定をかきこんでいく。先々まで計画せずにはおれない現代ではあるけれど、無性に「日めくり」がなつかしくなった。元日の朝、三百六十五枚の分厚い日めくりに感じた一年の重み。一日たてば一枚ずつ薄くなっていく。毎日が、今日一日だけの新しい一枚。その今日という日、さりげない金言名句があり、大安だ、大寒だ、といった吉凶や季節のお知らせもある。日めくりは、かけがえのない今日一日だけのカレンダー。

1月29日

雪の道

● ゆきのみち

足跡《あしあと》や 犬《いぬ》人《ひと》小《こ》鳥《とり》通りけり

1月30日

大寒小寒

● おおさむこさむ

人も猫もまん丸くなる 寒曇《かんぐも》り
寒《かん》ブリに 大根よろし ネギよろし

1月31日

日脚のぶ

● ひあしのぶ

日脚伸ぶ 畳《たたみ》一目《ひとめ》の陽《ひ》の積もり

如月

きさらぎ

2月1日 御神渡り おみわたり

久しぶりの御神渡り。出現と聞くだけで喜びが湧いてくる。気象学的には寒暖の差による氷の亀裂隆起現象。でも「神様が渡ったんだ、諏訪大社の神様が上社から下社に渡られた跡なのだ」という伝承を生みだし、「御神渡り」と命名した昔の心が嬉しくなる。伝承はさらにふくらみ、女神に逢いたくてという神様の恋物語にまで発展する。

同じ自然現象は世界各地にあるが、神が渡る伝説は諏訪湖の独創ではないだろうか。

2月2日 方相氏 ほうそうし

なにやら得体の知れない方相氏。顔には黄金の四つ目の仮面、体に熊の皮をかぶり、紅の裳《も》をまとっての高足駄《たかあしだ》。盾《たて》と矛《ほこ》とを双手《もろて》に構え、手下を従え、大音声《だいおんじょう》でのし歩く。どこやら、秋田のなまはげの親類筋にも思えるが、彼は大晦日に、姿を見せぬ悪鬼、疫病、穢《けが》れのたぐいを、すべてこの強面《こわもて》で追い払ってしまうのだ。

平安期に活躍したこの彼が、いつの間にやら、節分の鬼の役目を押しつけられ、追い出される側となり、いまや昔の栄華は夢のまた夢。

2月3日 鬼は外 おにはそと

節分には豆をまき、「鬼は外、福は内」。湯飲みに梅干しをひとつ、年の数にもう一つ足した豆も入れ、熱々の緑茶をそそいでフウフウ飲む。コタツのまわりに、みんなそろって、毎年の行事だった。

鬼とはなんだろう。外にだけいるものなのだろうか。紫式部は、心の鬼という言葉を使う。彼女は、鬼を、人の心の中にも感じていたのだろうか。

「鬼は外」、もしも、心の中にも隠れているなら、それも一緒に、「鬼は外」。

2月4日 水仙月 すいせんづき

宮沢賢治の童話「水仙月の四日」に初登場の水仙月。響きもいいし、イメージもいい。すがしくて、清楚で、春まだ浅い季節感が、花の姿とともに立ち上ってくる。

辞書にはのっていないけれど、春浅い北国の、時には最後のひと暴れとばかりに雪が降る、厳しい北国の春待つ心が、水仙月という一語に、美しく凝集している。

賢治の故郷は岩手県の花巻。「春は名のみの風の寒さよ」と歌う信州よりも、さらに厳しい冬に耐え、水仙月がやってくる。水仙月が訪れる。

2月5日

凍みる

しみる

立春が過ぎたとはいえ、まだまだ凍みる。零下も五、六度以下になると、「寒い」などといった言葉ではとても足りなくなる。凍《こお》る、凍《し》みる、凍《い》てつく、冴《さ》えかえる、かんじる、しばれる。凍み豆腐も、寒天も、氷餅《こおりもち》も、この尋常ならざる寒さがあってこそのものだが、それにしても、なんと豊かな寒さ表現か。

日本列島の北も、本州一の内陸長野も、並の寒さなど、やわで使えない。やはり、「今朝は凍みますね」と言い、「今日はカンジルね」と挨拶しあってこそ、冬将軍に負けぬ元気も出てくるというものではないか。

うらの戸や腹へひびきて凍《い》て割るる　一茶

2月6日

春こたつ　はるこたつ

待つ人を 待つでもなしに 春こたつ

2月7日

手すき和紙　てすきわし

しなやかに 木枠《きわく》を揺らす 指《ゆび》の冷え

2月8日

針供養　はりくよう

赤《あか》の飯《まま》 針持つことも遠くなり

この日、母は赤飯を炊き、折れた針に供えた。

2月9日 灯明 とうみょう

お仏壇にお灯明。子どものころは、見たことのないご先祖さまに捧げた灯《ひ》。今は思い出いっぱいの父母のために、時には語りかけながら、灯をともす。

ロウソクのほのかな灯はほのかに揺れて、いつの間にか心が落ち着き、安らぎの感覚に包まれていく。その習慣があるせいか、ほのかにゆれる灯《あか》りが好き。

夜の闇を埋め尽くす万灯会《まんどうえ》もすばらしいが、一本のほのかな灯明に惹《ひ》かれる。

2月10日 恩送り おんおくり

井上ひさしさん、昔、岩手県に暖かく迎えられ、一家全員、路頭に迷わず生きのびた。その「恩」を、「恩送り」したいと、岩手でボランティアをしておられた。

「恩返し」に似ているが、「恩送り」は、受けた恩を直接返すのではなく、別の人に送ること。送られた人が、次の人へ、さらに次へと送れば、「恩」がぐるぐる世界をまわり、無縁社会といわれもする現代の悲しみを吹き飛ばす。私も昔、病気をして職場に迷惑をかけ、たくさん助けてもらった恩がある。私も恩送りをできたらと思う。

2月11日

胡桃

くるみ

寒さにあらがい、ギュッと身を縮めたままの私。立春も過ぎたのにと、我ながらおかしいが、まるで胡桃のよう。固い殻に閉じこもり、まだまだガードは解かないぞと。

くるみは固く身を守り
錠をおろして住ひたり
気ごころ知れた衆《しょう》にだけ
おとりもちするつもりづら

これは佐久に疎開した佐藤春夫の詩「胡桃」。もう七十年も前の信州ではあるけれど、よそ者に対するこの警戒心、なんだか、寒さ嫌いの私のよう。気ごころ知れた春の日射しなら、どうぞどうぞと大歓迎でおもてなしするのになア。

2月12日 霧氷 むひょう

「わあー、きれい」。厳冬の二月の朝、二千メートルの美ヶ原高原はまっ白に輝く霧氷の世界。裸木《はだかぎ》も、針葉樹の林も、紺碧《こんぺき》の空をバックに霧氷の花盛りだった。足もとの小さな草も石ころも、ありとあらゆる物が、霧氷の結晶に包まれ、輝いていた。風上に、風上に伸びていくエビの尻尾《しっぽ》。夜の高原はマイナス何度の世界なのだろう。霧がまき、ゆるく風が吹けば、翌朝の霧氷はみごとなのだという。松本市街はすぐそこなのに、こんなにも繊細で、雄大な自然がある。

2月13日 きさらぎ きさらぎ

昔の月の呼び名は美しい。

今も良く使う呼び名もあるが、二月の「きさらぎ」はどうだろう。寒さをしのごうと、「衣《きぬ》を更《さら》に着《き》重ねる」から「きさらぎ」、この説、古くからある。

きつい響きの「き」と「ぎ」。私はこの響きだけで身が堅くなってしまうが、昔の人は如月《きさらぎ》二日の灸《きゅう》は倍も効くと信じ、寒さと戦った。

かくれ家や猫にもすへる二日灸　一茶

2月14日

雪明かり

ゆきあかり

まあ、こんなにと驚く朝は、雪かきに大忙し。美しいなどと思うゆとりもないが、でも、その夜のこと、いつもの時間、いつものように灯りを消し、さあ、寝ましょと思ったその窓が、カーテンはいつもどおりなのに、何という明るさ。

雪明かりだった。隣りの屋根もそのまた向こうも、道も庭も、こんもり雪に包まれ、やわらかな明るさに満ちている。

雪には、光のもとでもあるのだろうか。夜の闇は消え、物影の小さな木までほんのり明るむ。降る雪に月も隠されているのに、清らかな明るさが満ちている、雪あかり。

2月15日

雪渡り　ゆきわたり

積もった雪はずぶずぶ潜って歩けない。でも、厳しい寒さが続くと、雪原はまるで大理石のように堅くしまる。田や畑も、ススキの原も、堅い雪の大理石に変身する。子供たちは小さな雪靴をはいて、「堅雪《かたゆき》かんこ、凍《し》み雪しんこ」と歌いながら、雪の大理石を歩き回る。それに「雪渡り」という美しい名を与え、キツネと出会う冬物語にしたのは宮沢賢治。

長野の高原もそろそろ「雪渡り」の季節。私たちもキツネに出会えるでしょうか。

2月16日

えらいでしょ　えらいでしょ

「ぼく、えらいでしょ！」と二歳の彼が仁王立ち。ニコニコの笑顔が、仁王立ちの姿が、「ほら、すごいでしょ」と言っていた。「スコップだってあるんだ、ぼく」。

大雪の日曜日、お父さんはザクッと大きなスコップで雪をすくい、グイッと持ち上げ、道の脇に積みあげる。「ぼくも」と、小さなスコップですくうが、雪はビクともしない。

でも、彼はちっとも気にしない。ぴたりとフード付きのスキーウェアーに身をかため、ブーツだってはいて、ニコニコと仁王立ち。

2月17日

温石

●おんじゃく

春の芽や 温石胸にいだきおり

2月18日

冬ぼたん

●ふゆぼたん

雪ん子の藁帽子《わらぼうし》着て 冬ぼたん

2月19日

野焼き

●のやき

野焼きする 阿蘇の芽吹きを 恋ふ日なり

2月20日 梅一輪

うめいちりん

立春を迎えながら、春は名のみの頑固な寒さ。グチの一つも言いたくなるが、服部嵐《はっとりらん》雪《せつ》の句に励まされる。

　梅一輪一輪ほどの暖かさ

梅には、桜のように一度にどっと咲き、南から北へ日ごと駆け上る、そんなスピード感はない。まるで寒さに耐える春の歩みのように、ゆっくりと一輪、立ち止まってはまた一輪。けれども嵐雪の句のとおり、一輪はいちりんだけ、たしかな暖かさを運んで来る。待ち焦がれる春の証《あかし》のように、確かに。

梅一輪の輪《りん》は凛《りん》に通じ、凛とした梅の花姿の好ましさ。厳しくとも、気品高く凛凛と、そう鼓舞される。

2月21日

老舗 ● しにせ

色深き格子戸を背に　眉若し

2月22日

世話焼き ● せわやき

甘えん坊　世話焼きをする折りもあり

2月23日

花便り ● はなだより

クロッカス　蝋梅《ろうばい》の香《か》の　メールくる

福寿草、姫すいせんも咲きました。

2月24日　ひなたぼこ

● ひなたぼこ

「ひなたぼこ」の心地よさ。風の子も、火の子の寒がり屋も、人間様ばかりでなく、子猫もタヌキもぬくぬくぬくぬく。寒風の当たらぬ日溜まりで、ガラス越しの縁側で、寒さを忘れて「ひなたぼこ」。お客も日向ぼっこのこの席にどうぞどうぞと招き入れたくなる。

　ともあれと日向ぼこりに招じけり　汀女

極楽、極楽。「ぼこ」は「惚《ぼ》け」という語源説も、日向のぬくぬくにぼーっとしていると、なるほどという気分になってくる。

2月25日　福寿草

● ふくじゅそう

何とめでたい名を持つ花だろう。幸福の「福」に、めでたさを言祝《ことほ》ぐ「寿《ことぶき》」。長寿の「寿《じゅ》」でもある。幸せで、めでたくて、長命で、そんな良いことづくめの花の名に、江戸中期の加賀の千代女も魅せられたようだ。

　花よりも名に近づくや福寿草

私はといえば、早春の、明るいあの色と形が大好きで、毎年、わが家の庭に二輪、決まって咲いてくれるたびに、お日様の赤ちゃんではないかと思うほど。

2月26日

雁行雁陣

がんこうがんじん

長野発、朝一番の特急が明科《あかしな》を出た犀川沿いの天空に、黒い鳥の群。小石をばらまいたように見えるが、小鳥ではない。もっと大きな鳥の群が、悠然と舞っている。のびやかな翼、すんなり長い首。その瞬間だった、鳥は隊列を組み、竿《さお》になり、鉤《かぎ》になり、自由自在に陣形をかえて飛翔する。

雁行、雁陣、忘れていた言葉が、ふいに浮かび上がる。そう、雁行、雁陣。でも、犀川上空に、最近、雁はこないという。では、白鳥だろうか。悠然と舞う鳥は。

2月27日

地魚

じざかな

一足早い春を楽しみに、外房に行ったことがある。そこで出会った「地魚定食」。「地魚」って、何だろう。地元産の野菜ならおなじみで、近所の八百屋さんが、「これは地物《じもの》だよ、あっちは旅《たび》のだよ。地物がいいよ、おいしいよ」と教えてくれる。海を泳ぎまわる魚に地物なんてあるのだろうかと思ったが、「地魚」は地元の海で取り、地元の港に水揚げされたばかりの魚のことだった。注文したその日の「地魚定食」はドーンと丸ごと一匹、金目《きんめ》の煮付けで、鮮度は抜群！　なるほど、魚は「地魚」に限る。

2月28日

一陽来復

いちようらいふく

太陽が力を増してきた。朝は雪でも、雲が切れれば、おひさまの暖かいこと。公園にもまあ、たくさんの子どもたち。ソリ遊びに鬼ごっこ、できたての雪だるまも二つ三つ。よくぞお日様、戻ってくれました。ほんとうに一陽来復です。

冬は去り、春は必ずもどるという一陽来復。人生にも、冬の向こうに春を待つ時期がある。たとえ今は大変でも、良いことは必ずまたもどってくる、そう信じて待つ、それもまた一陽来復の心なのだから。

2月29日

閏年

うるうどし

二月が二十九日まであれば閏年、そう思って暮らしてきて、ある日、高倉健のご先祖の旅日記に驚いた。閏一月十六日、仲良し四人で伊勢詣りに出発、とあるではないか。普通の一月《いちがつ》が終わり、その翌月に閏一月《うるういちがつ》！　まるまる一月《ひとつき》増やしてしまう昔の閏月《うるうづき》。

昔は月の満ち欠けとともに暮らし、三日なら三日月《みかづき》、十五日なら十五夜。でも、太陽の巡りとも折り合いをつけねばならぬと、何年かに一度、どこかに閏月を置いたのだという。

弥生

やよい

3月1日　冬芽 ふゆめ

ほんわか柔らかい日ざしに、木々の冬芽が、明るみを増し、光っている。

トチの芽の赤く大きいこと。まるで、つやつやの、磨き立ての鎧《よろい》でも着込んだようだ。

零下十度の真冬も、こんなにつややかに光っていたのだろうか。

柳の芽は小さな小さな緑の粒々。リンゴや桃はネコヤナギのように銀色毛皮をかぶっている。バラの冬芽は赤く小さくとんがって、個性豊かに、冬をしのぎ越していた。

3月2日　なごり雪 なごりゆき

身構えて戦った冬の雪。その雪を、なごり惜しいと感じるなんて……。

でも、日の光……やはり春が来たんだとしみじみ思い、イルカの「なごり雪」を、しみじみ味わってみたくなる。声はおだやかに流れ、春は巡りくる。

　今　春が来て　君はきれいになった　去年よりずっと　きれいになった

「なごり雪」は作詞者の造語らしく、「なごりの雪」に直すべきだとのご意見もあったというが、今や気象庁のお墨付き。

3月3日

桃の節句

もものせっく

三月三日はお雛《ひな》さま。桃の節句という美しい名もあり、お雛さまにはかならず桃の花を。さかずきに花を浮かべ、桃の酒に邪気をはらう昔もあった。桃は仙木、原産地の中国では桃のパワーを信じた。日本にも木とともに風習も伝わり、花咲く前の枝も厄払いの人気者。腕白《わんぱく》が桃の木にのぼり、下の子どもたちが「とってちょうだい」「ご主人さまも欲しいのですって」と、はしゃぐ姿が「枕草子」にもある。西王母《せいおうぼ》の仙桃には不老長寿のパワーがある。桃太郎は桃から生まれる。

3月4日

かなんばれ

かなんばれ

「かなんばれ」という不思議なことばがある。家の難を祓《はら》うと書いて「かなんばれ」。かわいい子どもたちが、手作りのひな人形を桟俵《さんだわら》の舟に乗せて川に流す北相木村伝統の行事。昔は信州各地にあったのか、川上村にもかつて「うしんべかなんべ」と呼ぶ流し雛があった。

流し雛はもともと、一年の災いやけがれを、身代わりの人形《ひとがた》に移して川に流す春三月の風習で、千年も昔の紫式部は賀茂川に流した。

3月5日

雛あられ

ひなあられ

あかぎれの伯母手作りの雛あられ

3月6日

ご機嫌

ごきげん

雪解けて ナズナハコベラ上機嫌

3月7日

すまし汁

すましじる

漆椀《わん》 はまぐりを置き 春菜置き

3月8日 ひかりの素足

ひかりのすあし

春は、仰向《あおむ》いた空にある。大気の色がちがう、雲の色がちがう。その雲からこぼれ出る太陽のひんやり透き通った春の日射し。その日射しを、生まれたての光の妖精が素足のままに舞い降りた、といったら大袈裟《げさ》だろうか。

まだ芽吹かぬ枝も、霜枯れた畑土も、やわらかな陰影に包まれる。そんな春の日射しに出会うとき、「ひかりの素足」と呼んでみたい。

宮澤賢治は、この言葉に、光りかがやく仏の素足をイメージしているが。

3月9日 フキッタマ

ふきったま

春の日射しに誘われて、庭に出てみれば、ふっくり丸いフキッタマ。

さて、何にしよう、フキ味噌もよし、テンプラもよし。連れ合いの喜ぶ顔を思えば、やはりここはテンプラかと。焼き味噌にこだわる人もいる。フキッタマは刻んで生味噌と練って、小皿に塗り、直火で焼く。これ以上うまいものはないと頑固なのだ。

名は体を表すというけれど、蕗《ふき》っ球《たま》はまさに言い得て妙。信州に来て初めてこの言葉に出会い、もはや、蕗《ふき》の薹《とう》では物足りない。

3月10日 春よ来い

はるよこい

庭の日だまりに二輪草、散歩に出ればイヌフグリ。でも、時として北の空に黒い雲が押し出し、髪もおどろな雪婆《ゆきばんご》が、雪をおどろに吹き付ける。「まだまだ、退散なんぞするものか」

はアーるよ、来い、はアーやく、来い。

あーるき始めたみいちゃんが、

あーかい鼻緒のじょじょはいて、

子ども心に憶えたこの童謡、相馬御風《そうまぎょふう》の作詞とはつゆ知らず。毎年、春は名のみの寒さのたびに歌ってきた。ましてや、小さなみいちゃんは歩き始めのおぼつかなさ。着ぶくれから解放される春を、赤い鼻緒の草履《じょじょ》はいて、外《おんも》を飛んで歩ける春をどんなに待っていることか。

3月11日

春一番 ● はるいちばん

待ちわびる春を、どっともたらす春一番。冬が長く寒いほど、この小気味いい暴れん坊の春一番が待たれ、外へ外へと誘い出される。

　春一番人犬鳥田に出でぬ　秋澤猛

木々の芽も、この春一番でほどけはじめ、時には災害さえも引き起こす春の嵐。恐れをもって、壱岐《いき》の漁師だけが使っていたというが、春到来の喜びを言いえて妙《みょう》と今や抜群の人気なのだ。でも、新しい季語ゆえ、芭蕉も蕪村も一茶もご存じなかった。

3月12日

三寒四温 ● さんかんしおん

春一番も吹いたのに、無情なまでに冷たい空気。「緑なす蘩蔞《はこべ》は萌《も》えず　若草も藉《し》くによしなし」という島崎藤村の嘆きそのままに、三寒四温、三寒四温と唱えてみる。この春は近いのだ、されど、寒さも頑固なのだ。でも、寒さは三日、暖かさは四日。この一日の差に、春の確かさを感じて、三月の寒風の中を行く。

この三寒四温、原義は、非常に寒い日もあれば、ゆるむ日もあるという冬の言葉。俳句でも冬の季語なのに、いったいいつ、私の好きな春待つ言葉に変わったのだろう。

3月13日

啓蟄

けいちつ

蟄は、地面の中で冬ごもりしている虫なら、なんでもいいらしく、啓蟄は、それらの虫が冬眠から覚めて地上に出てくること。

なんだこれは、やわらかな春の日に誘い出されるこの心、人間と同じではないか。人間は特別な高等な生命体と思っていたが、季節を感じる心は地虫たちとちっとも変わらない。四十六億年の地球の歴史、その命の連鎖に生まれた我ら人間も、同じ、地球の遺伝子をもっていたのだった。

この啓蟄の日射しのもと、桃も花開き、アリも、ヘビも、トカゲも穴を出てくる。春の気の上昇よ、万歳。

けつかうな御世とや蛇も穴を出る　一茶

3月14日

年輪

ねんりん

年輪に指《ゆび》そっと触れ年数う

3月15日

やしょうま

やしょうま

「やしょ、美味《うま》かった」と言い伝えたる名の由来

3月16日

蝌蚪

かと

小池ほる 蝌蚪の住まいと庭を掘る

「蝌蚪」はオタマジャクシのこと。信じがたく、でも、おもしろく。

3月17日

贈る言葉

おくることば

三月は別れの季節。新しい人生への出発であっても、別れはさびしい。そんな時、海援隊の「贈る言葉」が心の中でこだまする。

「悲しみこらえて　微笑むよりも　涙かれるまで　泣くほうがいい」、無理をすることはないよというこのメッセージ。いざという時、どんなに力になることか。

ある先生は、いつも生徒に、「盗むな。傷つけるな。人生の大事はこの二つ、あとはまあ、気楽にやってくれ」と。これもまた心に残る贈る言葉。

3月18日

九十九里

くじゅうくり

ひとすじに伸びてゆく外房の九十九里浜。

昔、石橋山の戦いに敗れた源頼朝が、安房で再起をはかった時、この長い浜に感動。一里ごとに矢をさしていったら、矢の数、じつに九十九本。それで、九十九里浜というのだそうな。

伸びやかなこの海岸、上総生まれの伊能忠敬も歩いて行ったのだろうか。日本全国の地図を思い描きながら。

3月19日

はなむけ

はなむけ

卒業生に送る「はなむけ」のことば。「餞《はなむけ》」とも書くが、それは漢字を当てただけのことで、昔は「馬の鼻向《はなむ》け」といっていた。遠く旅立つ人の無事を祈り、馬の鼻面《はなづら》を、目的地の方へと向けてやる、万感の思いのこもる言葉だった。

旅立てば、もう二度と会えないと思えば別れはつらく、宴を開いて、酒を酌み交わす。これも馬の鼻向け。餞別を贈ったり、惜別の歌を贈るのも馬の鼻向け。

でも「鼻向け」より「花向け」と書きたいな。

3月20日

さえずり

さえずり

小鳥のさえずりに目を覚ます幸せ。ヒバリの美しい囀《さえず》りはまず聞けないが、スズメがにぎやかにおしゃべりを始めればもう春である。春の季語にもなっている。

さ・え・ず・り・という響きがよく、字がまたおもしろい。口の横に付く字が難しいが、「轉」は「転」。「口」に、コロコロ転がる「転」を組み合わせて「囀り」。確かに、小鳥たちのかわいい囀りは、小さな口いっぱいに、コロコロコロと声を転がして生まれてくる。よくできた漢字だなと眺めてしまった。

3月21日 おはぎ ● おはぎ

お彼岸にはおはぎを、母は必ず手作りのこしあんで作ってくれた。ところが、ぼた餅と呼ぶ方もいる。粒あんでなくちゃという方もいる。呼び名も、あんの種類も、世の中いろいろ。

でも、気に入っているのが名の由来。春の華麗な花、牡丹《ぼたん》にているから牡丹餅《ぼたもち》、秋の咲き乱れる萩が思われるからお萩《はぎ》。語源の真偽はともかく、四季折々、ただ食べるのではなく、細やかに季節の風情を楽しむ。そんな昔の人の心がなつかしい。

3月22日 お静かに ● おしずかに

「お静かに」と初めて聞いたときには、びっくりした。私、そんなにうるさかったのかと。でも、表情が違う。もの柔らかな笑顔とともに「お静かに」というのである。これはとても懐かしい言葉なのだそうな。「どうぞ、ごゆっくり」という語感が一番近いらしく、年配の方々、それも女性が主に使うものらしい。

集まりを中座する時に、「わしはお先に、みなさま、お静かに」と。客に茶菓子を出して下がるときも、「お静かに」と笑顔に添えて。

3月23日

桜前線

さくらぜんせん

春ほど待たれるものはない。明るい光りに、やさしい空気。あの刺すような風とお別れすれば、いよいよ桜の季節。老いも若きも待ちかねて、日本列島、南から北へ。「いつ咲くの?」の心に応えて、天気予報に開花日予測が登場する。日本列島の地図の上に、同じ開花日が一本の曲線となって、何本も、なん本も。ひと呼んで「桜前線」。梅雨前線も寒冷前線も、前線には憂鬱な荒れ模様が付きものなのに、逆手にとったみごとな造語。マスコミのお手柄らしい。

3月24日

春の旅人

はるのたびびと

かざし折る花のたよりに山賤《やまがつ》の垣根を過ぎぬ春の旅人

この歌は、「源氏物語」の八の宮の姫君がご返事に書いたもの。かざしにする花をお探しになるついでに、私どもに声をかけてくださったあなたは、ただ通りすぎるだけの春の旅人、という即興のご返事。

最後の七音の「春の旅人」がとてもおしゃれ。――春の岬の旅に出て、春の旅人になりにいきます――こんな風に、二十一世紀の今も、使いたくなります。

3月25日

石畳

いしだたみ

寺の町 跳《は》ね跳ね帰る 石畳

3月26日

キャッチボール

きゃっちぼーる

父と子と 時にはボール追っていく

3月27日

ニラせんべい

にらせんべい

青きニラ 指先ほどの春を摘む

3月28日 自転車日和

じてんしゃびより

「明日は春の高気圧に包まれます」

予報通り、朝からうらうらと春の気配。このところ、まるで冬に逆戻りじゃないのと文句をいっていたが、今朝のこの大気のやわらかさ。本当に春ではないか。

これこそ、わが自転車日和。バスもやめ、車もやめ、春風に吹かれ、自転車でいく。三十分か、四十分。帰りは登りになるのを承知の上で、軽やかに風にいだかれていく。市街地にわずかに残るリンゴ畑は、枝の先が春のうす紅《くれない》にかわっていた。

3月29日 ツクシンボ

つくしんぼ

東京にヨチヨチ歩きの孫がいる。都会の公園では無理だろうが、摘ませてやりたいのがツクシンボ。

土筆《つくし》は、袴《はかま》のところからスッと抜けて、元にもどせばチョンと付く。「どこどこ継《つ》いだ、どこ継いだ」と囃《はや》しながら、「どこ継いだ遊び」を、都会の子にも見せてあげたい。

「ツクシンボ、食べられるんだよ」と、両手いっぱい摘ませてやって、おいしいキンピラにして食べさせてやりたい。春一番の野の香り、おいしいね、楽しいね。

3月30日

飛行機雲

ひこうきぐも

ほのかに霞《かす》む春の空。やわらかな青空に、飛行機雲が伸びていく。目をこらせば、先端に小さな光るもの、銀色に耀《かがや》いている。銀色の前には何もない青い空、銀色の後ろにはぐんぐんと伸びていく飛行機雲。まるで、ひたむきな少年少女の歩みのように、何もない真《ま》っ新《さら》な宇宙《そら》に、たどった跡をつけていく。「僕の前に道はない　僕の後ろに道は出来る」。高村光太郎の詩の一節が思われて、青空に、飛行機雲が伸びていく。

3月31日

いい日旅立ち

いいひたびだち

この時期、親元を離れ、故郷に別れ、どれほど多くの人が旅立ちを迎えることか。新しい人生を築き、別の人生を発見するためであっても、不安がないといったら嘘になる。けれども、「いい日、旅立ち」。未来を信じ旅立とう、今日はいい日だもの。切ないような、鼓舞するような、ひたむきな思いが、りんりんと胸にあふれる。谷村新司の作詞作曲・山口百恵のヒット曲だが、歌から離れて一人歩きできるいい言葉「いい日　旅立ち」。

卯月

うづき

4月1日

柳あおめる

やなぎあおめる

近くの公園の細い流れ、ほとりに三本の柳がある。

公園には他にも木々が茂り、夏には涼やかな木下闇《こしたやみ》となるが、冬到来とともに、寒々と裸木の姿をさらして数ヶ月。

ようやく戻ってきた春、その春一番に芽吹く木がこの三本の柳の大木。

淡い黄がほのかに枯れ枝の先に動き出し、やがて豊かな緑一色になって風にゆれる。

千の風が吹けば、万の葉がゆれ、やわらかな春一番の緑がかがやく。

やはらかに柳あをめる
北上の岸辺目に見ゆ
泣けとごとくに

啄木

4月2日

初蝶《はつちょう》

軽やかに舞うもののあり 初蝶来《く》

4月3日

島立ち《しまだち》

甑島《こしきじま》は、鹿児島の西の海に浮かぶ小さな島。空は青く、海はエメラルドグリーン。魚は黒潮にのり、畑のサツマイモもうまい。人情も厚い。

でも、島には高校がない。進学する少年少女は、十五歳の春、みんな、それぞれの日に、島の港から連絡船に乗る。

四月の二日から五日ごろまでの、どの子が船に乗る日にも、先生は必ず、下級生も港に立って、ちぎれんばかりに手を振る。別れの日ではない。島立ちの日が来たのだ。

4月4日 浜行き はまゆき

わが連れ合いの懐かしがる浜行き。町内中が集まって、浜へ行く。あとは一日中、遊んで、食べて、宝探しもあり、賑やかな春の行事だったのだそうな。

が、なにしろ昔のこと。浜は東海の、波おだやかな静岡の、潮の香も、砂の感触もと、なつかしい思い出だけは温かく、詳細はまるで曖昧模糊《あいまいもこ》と春霞《がすみ》。

この時期の浜辺は、水辺に行きたい思いの甦《よみがえ》る季節。陰暦三月三日を磯遊びの日と決めている地方も多く、海草や貝やの、磯の解禁日もこのころに次々と。

4月5日 清明祭 シーミー

清明《せいめい》は二十四節気のひとつ。いかにも爽やかなイメージで、四月の五日ごろがこの清明。信州ならば、そろそろ杏も、桜の花もと待たれるころだが、沖縄では初夏の光あふれ、親戚一同が集まって墓参にいく清明祭《シーミー》の季節。

先祖を大切に祭る沖縄では、亀甲型の墓はゆうに八畳はあろうか。その墓に、三十人ほども親族が集まり、墓参の後は、そのまま宴会場と化す。彩り美しいご馳走の数々、泡盛に蛇皮線、島歌に興じ、踊りもと、親族の絆を深める年中行事なのだ。

4月6日 ピカピカの一年生

● ぴかぴかのいちねんせい

ピカピカの車やピカピカの靴。ピカピカは「物」ばかりに使われる言葉だった。それを、うれしさに心も体もはちきれそうな「一年生」に組み合わせた人は偉い。

新入生、新成人、新入社員、そのどれも、ピカピカの一年生で悪くないのだろうが、でも、やっぱり、「ピカピカの一年生」は小学校の一年生。

かわいらしい顔と姿とあの動き。家から社会へ、親の手から自分一人の足で、大きな変化を胸一杯に感じて、みんながみんな、ピカピカに輝いている。

4月7日 ランドセル

● らんどせる

動物園のペンギンがランドセルをしょってヨチヨチヨチヨチ。本物の一年生も、色とりどりの真新しいランドセルを背に、四月の風を切っていく。

私たちが子どもだったころは、まだお古のランドセルの子もいた。お兄ちゃんが次々に使ったランドセルはくたびれきっている。帰りの寄り道には投げ出され、冬になればソリにもされてしまうのだから。そのお古をからかわれ、怒ってむしゃぶりついていった一年生のサブちゃん、今はどうしているのだろう。

4月8日

たんぽぽ

たんぽぽ

たんぽぽの あっけらかんの明るさ

4月9日

あそびましょ

あそびましょ

遠き日や 花いちもんめ通《とお》りゃんせ

4月10日

草餅

くさもち

草餅や 小諸に春を 連れてくる

小諸の遅い春を嘆いた島崎藤村は、草餅売りの声に、ついに春がと。

4月11日 花冷え　はなびえ

四月になってまで続く寒のもどり。遅霜の不安もあるし、四月はもう、たとえ、花冷えという限りなく美しいことばをもってしても許せないと思っていた。けれども、四月の小さな旅で、花と雪との室生寺に出会ってしまった。林立する常緑の古木、もの寂びたお堂に、五重塔。満開間近の桜のやわらかな華やぎ。雨も風もある日であったが、「おや、白いものが」と思う間もなく、時ならぬ春の雪。室生寺の花も堂も古木も、舞う雪に白くぼかされ、花冷えとは、かくも美しきものだったのか。

4月12日 笑い　わらい

涙がこぼれるように、笑いもこぼれたら？　金子みすゞはそんな空想をする。笑いのしずくはバラ色で、こぼれて、花火のようにはじけて、大きな花を咲かすという。東日本大震災のあの日、九死に一生を得て逃れた方々。その避難所で、母親にしがみついていた子が笑った。ボランティアに入ってくれたお姉さん達が、一緒に折り紙をして、絵を描いて、遊びに引き込まれたあの子が笑う。お母さんも笑う。近くの大人たちも、爺《じい》じも、婆《ばあ》ばも、笑いがこぼれ、笑いの花が次々に開いていった。

4月13日　韃靼海峡

だったんかいきょう

てふてふが一匹韃靼海峡を渡つて行つた　安西冬衛

「春」と題された一行詩。韃靼海峡というい かつい漢字。どこにあるか知らなくても、荒々しい海峡があざやかに浮かぶ。そんな荒い海峡を、「てふてふ」はなぜ、たった一匹で、渡っていったのか。

「てふてふ」は「ちょうちょう」。なぜか「てふてふ」の方がずっと頼りなげで、韃靼海峡をひらひらと渡っていくけなげさに、無謀さを思い、人生を思うのは私だけだろうか。

4月14日　なせばなる

なせばなる

二歳ぐらいでしょうか、公園でたまに出会う親子連れ。お兄ちゃんは幼稚園に、小さな妹はまだ園児にはなれず、でもお兄ちゃんと同じ、大きなバッグを抱えて歩いていく。大きすぎるのに絶対に手放さず、お兄ちゃんが土手を登れば、自分も登る。誇りを持ってエッチラオッチラ。本当に「なせばなる」。やってるなー、がんばってるなー。

「為《な》せば成る　為さねば成らぬ　何事も　成らぬは　人の為さぬなりけり」と言った上杉鷹山《ようざん》のことばが、なぜか、思い出された。

4月15日

花衣

はなごろも

美しい言葉だなと思ったのは杉田久女の句。

花衣ぬぐやまつわる紐《ひも》いろいろ

その時はただ、美しい和服に、色合いさまざまな紐がまつわる妖艶なイメージばかりだったが、花衣は、女性のお花見の晴れ着に、特に使うものだそうな。小さな公園のたった一本の桜でも風景を変える。そんなにも美しいものに会いに行くのだから、着る物もまた、花にふさわしく美しくと思う心の花衣。

それにしても久女、晴れやかな一日が終わるとともに、まつわる幾筋もの紐は、本当は、彼女をしばる日常のもろもろではなかったのか。

4月16日 ぶらんこ

● ぶらんこ

春風にぶらんこがゆれる。

空高く漕《こ》ぎたかった子どものころ、もっと高くもっと高くと、競いあった仲間たち。

遠い思い出になってしまったが、もっと遠く古代ギリシャのぶらんこは、美しい乙女が乗り、豊かな実りを祈る春の行事だった。

中国の玄宗皇帝も愛し、平安貴族にも伝わったというぶらんこ。

一茶の句、「ふらんどや桜の花をもちながら」は、だれが乗るぶらんこだったのか。

4月17日 肩車

● かたぐるま

肩車はお父さんの専売特許。何か特別な、祭り見物や大混雑の動物園、子どもがどう頑張ってもなにも見えない時、お父さんの出番です。軽々と抱き上げて肩車に。だれよりも高く、どこまでも見える。子どもの世界は一変し、お父さんも子どもも大満足。

じつは、ロンドン留学中の夏目漱石、肩車に乗せてもらったことがある。漱石は三十四歳、妻もあれば子もある。が、いかんせん、背丈の小さな日本人。ビクトリア女王の葬儀の行列がどう背伸びしても見えず、大柄な下宿の主人の肩車で見物したのだった。

4月18日

蛙の目借りどき

● かえるのめかりどき

本読めど 春は蛙の 目借り時

春眠いのは、蛙に目を借りられるから、という。

4月19日

草すべり

● くさすべり

二人して 春の草山 草すべり

4月20日

ポスト

● ぽすと

丸いポスト 見いつけた 春の日

4月21日

花の道

はなのみち

春になると、北の山に花の道が現れ、ジグザグに淡い色が登っていく。普段はあることさえ気付かない山の道の、一年一度のありどころを教えてくれる桜の花。

北の山は、なじみの山だから、四季折々、新緑も真夏の力強い緑も、紅葉も冬枯れもと眺めているが、「道があったのだ、あんなところに」と気付くのは、だれかが植えてくれた桜並木の花咲く季節だけ。

今年もまた、淡い緑の山腹を花の道が登っていく。

4月22日

シャボン玉

しゃぼんだま

春風に似あうシャボン玉…。風に乗り、虹色に輝きながら、いくつも、いくつも、高く、低く、遠く。パチッと割れたときのなんとも残念な…。

子供のころ、石けんを溶かして自分でシャボン玉を作った。でも、売っているもののように、虹のような七色に輝いてはくれなかった。まるで色のないガラス玉。

「松ヤニを入れるんだよ」と教わったけれど、庭のない町暮らし、松の木はどこにあるのだろう。今も、小さな子がシャボン玉を飛ばすたびに、小さな昔の夢を思いだす。

4月23日
山笑う
やまわらう

ようやく到来した山の春。冬の間、ずっと枯れ木だった山が、淡い緑に染まっていく。白あり、黄あり、萌葱《もえぎ》あり、若い緑はいかにも多彩、明るくて淡くて、花のように美しい。山のこの一瞬をとらえ、「山笑う」と言った昔の人の言葉のセンス。初めて使ったのは中国宋代の画家・郭熙《かくき》とのこと。彼は、山眠る、山滴る、山粧う、と山の四季すべての表情を言いきったが、郭熙の山笑うは新緑の微笑み。でも、俳句の巨人・高浜虚子はもっと豪快な笑いを思った。

腹に在る家動かして山笑ふ　虚子

4月24日
あくび
あくび

春眠、暁を覚えず。春はどうして朝寝が心地いいのだろう。同好の士はおおく、朝寝は春の季語。あくびは季語ではないが、うららかな春に合うように思える。夏目漱石も、春のあくびが好きだった。「永き日やあくびうつして分かれ行く」と。

東京からはじめて地方に赴任した四国の松山中学、そこにも別れをつげて、新天地・熊本高等学校へ。その折の惜別の一句なのだが、俳句仲間は大あくびを無礼とは思わぬ気心しれた者同士。瀬戸内の船にゆられて、あくびの漱石がゆく。

4月25日
家庭菜園
かていさいえん

小さな庭の小さな畑。

私の呪文は「蒔《ま》かぬ種は生えぬ」。蒔いても、哀れな出来映えの時もある。でも、蒔かなければ始まらない。なにやら日々の暮らしにも似て、今年のナスはどこに植えよう、トマトもキュウリも植えたいし、畑は小さいし。

悩める私は、夏のとんがりオクラになる日を夢見て、手の平の小さな黒い種をながめている。地温の上がる連休明けを待っている。

4月26日

種もの

たねもの

種ものも夏苗《なつなえ》もみな買《こ》うてくる

4月27日

雪形

ゆきがた

常念《じょうねん》坊　今年の春は郷里出る

山の残雪が作る山肌の形、常念坊、種まき爺、蝶、代掻《しろか》き馬など。

4月28日

花ぐもり

はなぐもり

花ぐもり　あるいは黄砂　空おぼろ

4月29日

雪の回廊

ゆきのかいろう

黒部の大谷は日本有数の豪雪地帯。ゴールデンウイーク前の開通にこぎ着けるために、GPSシステムを装着した専用のブルドーザを駆使、降り積もった雪で見えない道を探り当てて掘っていく。完成すれば道の両側は十メートルを越える垂直な雪の壁。だれの命名か、雪の回廊と呼ばれ、雪の壁を楽しみに行く。壁は高くそびえ、大型バスは小さく、人間は点のよう。見上げれば、道の真上に、道はばだけの青い空。春の雲が流れていく。

4月30日

菜の花

なのはな

「菜の花畠に入日《いりひ》薄れ…」高野辰之の歌そのまま、千曲川流域は一面の、一面の菜の花畑。中に立てば、甘い好い香り。冬の間、あの寒さのなかで、伸びることも出来ずにいた菜っ葉《なっぱ》。菜っ葉と呼び捨てられ、霜枯れていたものたちが、ぐいっと太い茎を伸ばし、蕾《つぼみ》いっぱいの菜の花に変身する。野沢菜も小松菜もみんなみんな同じ菜の花に。漬け物よし、おひたしよし。食べれば、春の香りが体の中へ流れこむ。甘くやわらかな春の味、菜の花。

皐月

さつき

5月1日

新茶

しんちゃ

「夏も近づく八十八夜」の歌とともに、小さな頃、妹と向かいあっての手遊びを思い出す。セッセッセーのヨイヨイヨイで始まる楽しい遊びだった。遊びながら、見たこともない茶摘みの赤いたすきや菅笠《すげがさ》を、鮮やかに思い浮かべていた。

今は静かに、八十八夜の新茶として、旬の旬たる味わいを楽しんでいる。針のように尖った葉が、やわらかな湯加減しだいで一杯の甘露に。新茶に目がなかった義父を思い、今年も気合いをいれて、いれたいと思っている。では、もう一口。

5月2日

風薫る

かぜかおる

風薫る五月。新緑の初々しい色あいから、緑一色の世界へ移ろうとする五月。花もまた次々に咲き匂い、心も体も伸びやかに、さわやかな五月の風に包まれている幸せ。

風薫る。風は緑や花の匂いに染まっているが、匂い以上のオーラ、風のオーラが、風薫る。全身で、全身ではなく心で感じ取るこのさわやかなるもの、風薫る。

けれども不思議。同じ意味なのに、薫風《くんぷう》という言葉に、私はときめかない。薫る風、風の香、みな同じ意味なのに、はずまない。

5月3日

吹き流し

ふきながし

伸びやかな皐月《さつき》の風の吹くままに、天高く動き止まない吹き流し。爽快で美しく、「江戸っ子は　五月の鯉の吹き流し」と歌われると、この江戸っ子、いかにも格好いい。でも次に、「口先ばかりで　はらわたはなし」と続けるところが、この戯《ざ》れ歌の隅に置けないおもしろさ。

ところで吹き流し、もともとは軍の旗印で、平和な江戸では実質的にはもうお役ご免。そこを、端午の節句の飾り物として、新たな命を得たのだそうな。大空高く、吹き流しを泳がせ、大小の鯉を泳がせる。日本人の大胆な発想力がうれしいが、鯉のぼりも、初めは、鯉の吹き流しと呼ばれていたのだそうな。

起伏の丘みどりなす吹流し　角川源義

5月4日

チマキ

ちまき

この季節、緑の命につつまれたお菓子に心ひかれる。チマキも柏餅も、葉っぱがいいし、香りもいい。旬をいただく喜びがある。

昔の『伊勢物語』にも飾りチマキが登場する。端午の節句は菖蒲《しょうぶ》の節句、菖蒲のあの高い香に邪気をはらう力を信じた昔の人は、その葉につつんで、大切な人に贈った。

私のなじみのチマキは、笹の葉でキリッと巻かれ、ほっそりとした円錐《すい》形。

さあ今年も、深々と香りをすい、厄をはらってパクリといこう。

5月5日

背くらべ

せいくらべ

柱のきずは　おととしの　五月五日の背くらべ

父がいて母がいて、茶の間にはちゃぶ台が、柱には柱時計。チクタク、チクタク、時を刻む音がいつも聞こえる茶の間の柱に、背くらべの横線がいくつも引いてあった。

妹と弟と私の、去年の背たけ、おととしの背たけ。今年もまた線はふえ、頭をぴったり柱につけて、ちょっとだけ背伸びする気分で、計ってもらう。線の横には父の字で、年月日と名前が書かれ、やがて、そこに、孫のちっちゃな背たけも加わった。

5月6日 薬玉 くすだま

七夕や祝典を彩るくす玉。運動会にもくす玉割りが付き物だった。割れた瞬間に、五色の紙吹雪が舞う美しさ。そのくす玉を「薬玉」と書くと知った時の不思議な違和感。でも昔は本当に薬の玉だった。『枕草子』では、五月五日の節句に、美しい錦に麝香《じゃこう》、沈香《じんこう》、丁字《ちょうじ》などの薬効のある香料を包み、邪気を払う菖蒲《しょうぶ》や蓬《よもぎ》をあしらった下にして、部屋の柱にかけた。九月九日の菊の節句までかけ続けた。薬玉に守られた生活はいつか失われ、美しい形とことばだけが残った。

5月7日 とびっくら とびっくら

子どもたちが無我夢中で走っていく「とびっくら」。私の故郷は、「とぶ」といえば幅跳びや高跳び。まさか「かけっこ」が「とびっくら」とは思わなかった。でも、信州の友は、やっぱり「とびっくら」でなくちゃという。「かけっこ」じゃあ、おすまし過ぎて頑張れない。やっぱり、がむしゃらに、押しのけても、一番になるぞというには「とびっくら」がいいのだと。運動会のプログラムはちょっとおすましに「かけっこ」とある。

5月8日

ガラパゴス ● がらぱごす

イグアナの瞳《ひとみ》はるかなる孤島あり

5月9日

柿若葉 ● かきわかば

放棄地の 柿 若葉なり 豊かなり

5月10日

葛切り ● くずきり

木桶《おけ》深く 葛《くず》切り沈む 猫ねむる

5月11日 風光る

かぜひかる

ある日、ふと、「ことば」に出会うことがある。

花から花へ、爛漫《らんまん》の季節が過ぎようとするころの、緑の葉の、艶やかなきらめき。

もう、新緑の季節は通り越して、葉は、いわば青春まっただ中。一枚、一枚、伸びやかに広がり、つややかに輝いていた。

その時、一陣のさわやかな風が……。木々が揺れ、すべての葉という葉が、揺れて、光って、見えない風を鮮やかに見せてくれた。ほら、ここ、それからあそこ、もっと向こうへと。木々は、葉という葉をうねらせ、豊かな緑を光らせてうねっていった。ああ、風光る、これが、風光るということだったのだと。

風ひかる風のうねりのなかにいる

5月12日

雨のち晴レルヤ

あめのちはれるや

今年の春はかわいそうだった。毎日のように雨が降り、花冷えですねが、ご挨拶。それでもついに「雨のち晴レルヤ」。「ゆず」の歌のように、今日も晴れ、明日もと太陽がもどってくれれば、一気に木々の緑が輝きはじめる。ああ、きれい、一年で一番きれいと、同じことばが口癖に。繰り返しても、繰り返しても、新緑は美しく、輝かしく、柳の一足早い芽吹きも、もはや目立たない。ケヤキの並木がいっきに繁り、トチの大きな葉も、植え込みの小さな木々も、つやつや輝いている。

雨のち晴レルヤ、雨のち晴レルヤ。

5月13日 おふくろ

おふくろ

おふくろと呼ぶ人がいる。まるでカンガルーのように、我が子をしっかり抱き守るおふくろのイメージ。ひかれながらも、男言葉に思えて、おかあさんといつも呼び、人には母が、と言ってきた。今も写真に、おかあさんと。

母はどう呼ばれてもよかったのかも知れない。子どもが元気でいることだけが、母の譲れぬ願いだったのだから。

こまめに働く母の姿、父と娘と三人の旅を楽しんだ晩年の母。病気に倒れるまで息子の靴をみがいて送り出していた母。もっと楽をして欲しかったのに。

5月14日 葱坊主 ねぎぼうず

庭に植えた葱坊主がツンツンツンと伸びてきた。太い茎には大きな坊主、細い茎にはそれなりの。クリクリと、小坊主が頭を並べたように、伸びてくる。

名前もなんだかかわいくて、でも、いつも思うのは、いったいどちらが本物の葱坊主？帽子のような薄い膜を、すっぽりかぶった方なのか。それとも、帽子を脱ぎ捨てて、いたずらっぽい毬栗《いがぐり》頭を並べた方なのか。

あの葱坊主、パラパラとほぐせば、納豆や冷や奴《やっこ》の、おいしい薬味。

5月15日 縁 えにし

生まれながらに包まれる親子、兄弟の縁。やがては友達から地域社会へと、大切な縁がいくつも結ばれていく。この「縁」、「えん」とも呼び、「えにし」とも呼ぶ。深く、広く、人が生きることを支えてくれる「縁」。

都会の雑踏の中では、孤独ばかりが募るのに、肩が触れあうことさえ遠慮するのに。

「袖触れあうも他生の縁」とばかり、触れあいを楽しむ地方のゆとり。

「縁」の生まれやすい風土は、もしや、地方の方に、伸びやかに生きているのでは。

5月16日　ゆびきり

ゆびきり

園で覚えてきたのだろうか、まわらぬ舌で、でも、ちゃんと言っている。「ゆびきりげんまん　うそついたら　はりせんぼんのーます」。真剣な眼差しに、からませる指と指。唱え言葉もスタイルも、昔から変わらない。もちろん子どもだから、すぐに忘れて次の遊びに移っていくが、これはけがれなき忘却。大人の約束違反は打算もあり、止むぬ止まれぬ事情もある。戦国武将は絶対裏切らない証拠に、熊野牛王符《ごおうふ》に起請文を書いたが、約束は守られたのであろうか。

5月17日　初恋

はつこい

まだあげ初《そ》めし前髪の
林檎《りんご》のもとに見えしとき
前にさしたる花櫛《はなぐし》の
花ある君と思ひけり

子どもから一歩大人の世界へ。初めて髪を結い上げた少女の新鮮な衝撃。少女を花のようと思う少年の心に、人生初めての思いが動き出す。詩は島崎藤村。

5月18日　若夏

わかなつ

アメリカの占領下に置かれていた沖縄が祖国復帰を果たした翌年、一九七三年五月の沖縄で特別の国体が開かれた。それが若夏国体。

若夏は沖縄のことばで、稲の穂の出るころの、瑞々しい季節のこと。五月から六月の、青々とした緑の世界は、若々しい夏到来の喜びを告げる。

真っ赤なデイゴの花はもう終わり。ブーゲンビリアの紫や、ハイビスカスの赤色が、垣根や庭にあふれ出る。

5月19日　青嵐

せいらん

山も木立も緑を深め、宇宙船地球号を吹き抜ける風も、緑の香りいっぱい。

このさわやかさを青嵐という。私はこの青嵐を、「せいらん」と呼びたいのだ。どうしても、「あおあらし」と呼びたくない。でも、俳句の世界では晴嵐《せいらん》とまぎれないよう、「あおあらし」なのだそうな。

でも、嵐には荒っぽいイメージが立ちはだかる。ここはやはり、中国語の原義「青嵐とは青々と澄み切った山の気なり」のままに、「せいらん」と爽快に響かせたい。

5月20日

早苗田

さなえだ

田んぼに水が入ると、一斉に蛙《かえる》が鳴き出し、やがて田植え。古来、田植えは重労働。一家総出でも人手は足りず、結いの絆や、出稼ぎの旅早乙女によって、一挙に植えられていった。

でも今やみごとな機械化で、田植え歌も、神への祈りをこめ美しく着飾る早乙女も、日常からは消えていった。

けれども、早苗という美しい言葉も、田植えのすんだ早苗田の美しさもまったく変わらない。風が来ればいっせいにそよぎ、雨が来ればぐんぐん育ち、やがて田は緑一色。もう早苗田とは呼ばず、青田の世界。田を渡る風は青田風、葉のそよぎは青田波。大好きな風景は五月の早苗田から始まる。

5月21日 殿さまカエル

とのさまかえる

殿さまと呼んでもらえるなんて、同じカエルと生まれても、なんという運の良さ。背をグイと伸ばし悠然と座る姿はたしかに殿さまの風格。

一茶の「ゆうぜんとして山を見る蛙かな」にぴったりに思えるが、いや、あれは威嚇してるんだ、殿さまカエルの世界は縄張り争いが激しいからと。悠然か、威嚇か。

でもこの頃、殿さまの声が聞こえない。田んぼがなくなり、用水路はコンクリートになり、殿さまには厳しい現実が押し寄せている。「痩蛙《やせ》まけるな一茶是《これ》に有り」。

5月22日 一筆書き

ひとふでがき

難しい数学の問題にもなるという一筆書き。

でも少しだけゆるくすれば、人の姿も一筆書きのシンプルな絵になるし、日本百名山も一筆書きで踏破するアドベンチャーもいる。鈍行列車に乗って、ほぼ一筆書きに旅する人もいる。

シンプルに、でもコツコツ歩み、つながっていく一筆書き。

5月23日

飛翔

ひしょう

沖縄で飛翔する大きなゴキブリを見た。初めて空中を飛翔したのは、二億年前の、ゴキブリを大型にしたような昆虫だったという。

5月24日

五月闇

さつきやみ

白生《い》けて　五月《さつき》の闇の華やげり

5月25日

ジーパン

じーぱん

シャツ白し　ジーパンの青　過ぎていく

5月26日

あほうどり

あほうどり

アホウドリ、名の由来は、飛び立つのが下手で簡単に捕まる「阿呆《あほう》な鳥」だからというが、小笠原諸島の聟島《むこじま》から飛び立つ映像は美しかった。大きな羽をグライダーのように広げ、ゆったりと風に任せて飛ぶ姿は「沖の大夫《たゆう》」という立派な名を生み、中国語の信天翁は、餌もまた、天を信じて天任せという伝承からのものだという。

飛び方も食べ方も風任せに天任せ、まるで良寛さんのように無欲な大愚《たいぐ》の風格。

5月27日

万緑

ばんりょく

五月は命みなぎる季節。太陽は力にあふれ、花も木も、田圃も山も、新緑の初々しさを脱ぎ捨てて、緑を深め、まさに万緑。

この万緑の中、かわいい我が子の小さな歯が生えてきたら、どんな思いがするだろう。深々とした緑に、真っ白な歯。大自然のかぎりない力感に、小さな命の小さな歯。しかも、この小さな命、大自然に一歩も負けない力を秘めて、笑っている。眠っている。

万緑の中や吾子の歯生えそむる　草田男

5月28日　出会い　であい

出会いとは不思議なもの。もしも、更埴の満開のアンズに出会わなかったら、信州で暮らしていただろうか。

もしも、信州で暮らさなければ、水道管が凍ってジタバタすることもなく、「ニラせんべい」とはどんな煎餅《せんべい》か不思議に思うことも、「ズク」のある人にも、根曲がり竹とサバ缶の抜群の相性を教えてくれる人にも、出会わなかったことだろう。

出会いとは偶然？　それとも必然？

だれ一人知らなかった新しい土地で、新しい友に出会い、新しいものに出会う。明日もまた、きっと、新しい出会いが待っている。

5月29日

竹の子汁

たけのこじる

アツアツと竹の子サバ缶味噌の味

5月30日

白湯

さゆ

湯といわず 白湯と思ふぞ 命なり

5月31日

花いばら

はないばら

愁ひつつ岡にのぼれば花いばら　蕪村

あれ家や茨《いばら》花さく臼の上　子規

水無月

みなづき

6月1日 花橘 はなたちばな

初夏の季節を迎えると、昔々の、花橘の歌をつぶやいてみたくなる。

五月待つ花橘の香をかげば昔の人の袖の香ぞする

作者はわからない。読み人知らずのまま『古今集』に収録され、紫式部にも愛された。橘はミカンの仲間で、花はまっしろな五弁の花、香りもミカン系の抜群の爽やかさ。この橘の花の香とともに思い出される人は、ずいぶん爽やかな人柄だったに違いない。空想は次々に広がって、五月雨《さみだれ》の梅雨空であろうと、なんのその。

6月2日 火焔土器 かえんどき

昭和十一年、豪雪地帯の長岡で発見された火焔土器。炎が燃え上がるようなデザイン。それにしても、縄文中期に、数千年もの昔に、粘土と炎の中からこれほどの造形を生み出した縄文人の力。大阪万博の太陽の塔の作者を驚嘆させた、メラメラと躍動する火焔土器。個人の独創なのか、集団の力なのか。

祭祀の道具とも言われるが、おこげの跡がある。縄文人が日常普段に使っていたと思うと、なんだかとても愉快になる。

6月3日 棚田《たなだ》

耕して天に至る棚田。見下ろせば千曲川がうねり、あるいは天竜が流れ、川まで段々に続く棚田の美しさ。先人の気の遠くなるほどの労力の賜物《たまもの》なのだ。

「もしも草ぼうぼうだったら、棚田を美しいと思いますか」、目から鱗《うろこ》のような、農家の方の一言。確かに、田草を抜き、畔《あぜ》刈りをと、手をかけるからこそ棚田は美しい。

棚田は人の心を作り、大雨の時にはダムとなり、蛙やトンボの揺りかごにもなる。攻める農業などと切り捨てず、どうぞずっと守られますように。

6月4日 アメンボー《あめんぼー》

田んぼに水が入り、空に雲あれば、水の中にも雲。隣のリンゴの枝ものびのび水の中。風が吹けば、波が次々に広がって、水の底に、光と影の網の目が揺れる。

でも今は、住宅地。幼い子どもたちの明るい声が聞こえ、若い家族の未来を育む力にあふれるが、昔なじみのアメンボー、どこでどうしているやらと、わずかに残った田んぼを見に行った。

スーイスイ、細い足を踏ん張り、スーイスイ。生きていたんだ、ワァーイワイ。

6月5日　草笛　くさぶえ

初夏《はつなつ》の小諸懐古園で、草笛を聞いたことがある。緑の葉っぱ一枚でみごとなメロディが流れ出る。私にはとても無理と思っていたが、何人かで戸隠古道を歩いた時、森から森の道端で、クマザサの超簡単な草笛を教えてもらった。

クマザサの先っぽの、固く巻いた葉をツンと抜き取り、先を切る。ここを吹き口に、葉の内側をちょっとなめて、ゆるーく巻き直すと笛になる。高く低くブウブウ鳴らすだけの草笛で、森の中は楽しい世界。小さな子どもにもどってしまった。

6月6日　麦秋　ばくしゅう

初夏の田園を列車が行く。すべて多種多彩な緑色の中に、思いがけず見つけた茶色の四角。いかにも香ばしそうに、フライパンで煎ったというような色合いの畑。

これこそ麦秋。麦だけが、刈り入れ間近の秋の色。豊かな深い茶に変わっていた。稲の実りは黄金の波。明るい稲穂は見慣れていたが、こんなに濃い色で麦が熟すとは。

健康な若者の代名詞に使われる小麦色の肌、つややかな薄茶色と思っていたが、もっと深い、太陽の焦げ色を思うべきであったのか。

6月7日

山シャクヤク

やましゃくやく

ふっくりと白き一重の花のあり高原の木々青きその中

6月8日

深海魚

しんかいぎょ

深海にちょうちん魚《うお》のいるといふ
探査艇乗る男等は少年の眼差し

6月9日

熟睡

うまい

短夜《みじかよ》といえど青春 熟睡《うまい》する

6月10日　蛙の笛　かえるのふえ

おや、笛が聞こえる。秘湯の宿の裏手に、山からの澄んだ流れがあった。小さな池に流れこみ、小さな噴水を吹き上げて、下っていく。

その池のあたりから、コロコロと澄んだ笛の音が聞こえてくる。噴水の仕掛け？　でも、おかしい？　あっ、もしや、カエルの声？

「月夜の田んぼで、コロロ、コロロ、コロロ、コロコロ鳴る笛は、あれはね、あれはね、あれは蛙の銀の笛」。ピッコロのように澄んで響くカエルの歌は、本当のことだった。

6月11日　蛍火　ほたるび

ホタルのころになりました。ホーホーホータル来いと歌った歌もなつかしく、蚊帳《かや》の中にホタルを放った贅沢な一夜もあり、ホタルの思い出はたくさんあります。

千年前の歌人、和泉式部は「物おもへば沢の蛍も我が身よりあくがれいづる魂かとぞみる」と歌い、明滅する蛍火を、恋に悩み苦しむ自分の魂ではないかと思った。

同じころ、光源氏は、美貌の養女を、蛍の光で見たいと思った。集められた蛍火に浮き上がる一瞬の美貌。これもまた限りなく美しい蛍火の思い出。

6月12日　啐啄　そったく

はてと首をかしげる「啐啄」。でも、なんとも大事な、人生の秘伝のような「啐啄」。雛《ひな》が殻の中で、さあ、外にでるぞ、コツコツコツ。親鳥は親鳥で、そろそろ出たいころかな、じゃあ、こちらからもコツコツコツ。内からつつく「啐《そっ》」、外からつつく「啄《たく》」。殻を破ろうとする力に、がんばれと応じる、この絶妙のタイミング。成長しようとする生徒に、育てようとする先生。赤ちゃんの泣き声に、笑いかける親。部下のやる気に、チャンスを与える上司。人生、いたるところに「啐啄」あり、ですね。

6月13日　カッコウ　かっこう

今年はカッコウの声がよく聞こえてくる。朝、目覚めればカッコウ、昼間もカッコウ。山頭火でもあるまいに、散歩に出てもカッコウ、カッコウ。でも、姿は見たことがない。私が嘆くと、「電線にだって止まってるよ、あれを見てないの」とあきれる友もいる。ヒヨドリよりもほっそりと、鳴くたびに長い尾が揺れる。シックなブルーグレイの羽は、子育て放棄の託卵人生とは思えない気品があるのだそうな。

6月14日

あめあめふれふれ

あめあめふれふれ

雨ふれば　母の迎えの蛇《じゃ》の目傘《めがさ》

6月15日

てるてる坊主

てるてるぼうず

不出来やと　思いながらも　軒の先

6月16日

山なみ

やまなみ

紺碧《こんぺき》の空押し上げて白き嶺《みね》

6月17日

また立ちかえる

またたちかえる

また立ちかへる水無月《みなづき》の
歎《なげ》きを誰にかたるべき。
沙羅《さら》のみづ枝に花さけば、
かなしき人の目ぞ見ゆる。

芥川龍之介はほとんど恋歌を残さなかった。が、この詩は、「相聞《そうもん》」という題で発表されたこともあり、切なく、美しい。

6月18日

かみなり親父

●かみなりおやじ

私の父はかみなり親父のような叱り方はしなかった。それでも、父が駄目だといえば、逆らうのは難しい。

なぜ駄目なのか。父が理不尽なのか。私の視野が狭いのか。あれこれ思い迷ううちに、人としてのバックボーンのようなものが、自ずと育てられた気がする。

厳父慈母《げんぶじぼ》という役割分担、男女共同参画時代の今には似合わない。が、さて、かみなり親父の役割は、だれが、どう、担っていくのだろうか。

6月19日

おんぶにだっこ

●おんぶにだっこ

「お父さんて、えらい」と思ったのはつい先日。公園の木立の向こうで、お父さんの声、「おんぶしてあげるよ、おいでー」。その声に向かって、懸命に歩いていく幼子《おさなご》。さぞかし大満足と思ったら、緑の木立の向こうでお父さんが大奮闘。幼子は二人だった。弟を片手で胸にだっこ。ぼくもと訴えるお兄ちゃんを、さらに片手で背中におんぶ。

普通、「おんぶにだっこ」はすべて他人任せの甘えきった姿をいうが、お父さんの「おんぶにだっこ」は、幼子二人に、同じように愛をそそぐ大奮闘だった。

6月20日 梅 うめ

梅雨にぬれ、梅の実がぐんぐん大きくなる。

青く固い梅の実は、梅酒やパリッと漬ける甘漬けの取りごろ。梅干しにはもう少し熟させてと、母も長い間、嫁いだ娘たちの分まで作ってくれた。なつかしい母の味。でも、その梅の木が日本古来のものでなく、中国渡来の外来種だったなんて。そういえば、山に桜はあっても梅の木はない。あのなじみの「うめ」という言葉も、中国語の「梅《メ》」の発音が訛って日本語になったものだなんて、信じられるだろうか。

6月21日 夏至 げし

夏、きわまる、夏至。冬きわまる冬至。太陽の一番長くきわまる日と、一番短くきわまる日を、漢字二つ並べるだけで言いきってしまう。じつにいい。ただ、残念なのは、日本には夏至を祝う行事がないこと。冬至にはカボチャとユズ湯があるのになァ。

子供が好きだったムーミンの物語には、楽しい夏至祭が登場する。花を飾り、ご馳走を作って、親戚を呼ぶ。イブから祝い、クライマックスは水辺のかがり火。今も、この日、フィンランドの都会は空っぽに。田舎の水辺のコテージで祝うのが理想なのだ。

6月22日

蝸牛

かたつむり

うっとうしい梅雨。でも、アジサイは雨に濡れ、葉っぱの上にはかわいいカタツムリ。「角出せ、槍出せと」と歌いながら、チョンと触るとスッと引っ込む。子どものころのなつかしい情景が今や幻となろうとしている。

どこにでもいた昔、みんなに愛された証拠のように、日本全国二百数十もの呼び名があった。ゲゲボ、ガト、ツンツングラメなどと。メジャーな呼び名だけでもデデムシ、マイマイ、カタツムリ、ツブリ、ナメクジ。

民俗学者の柳田国男によると、この呼び名、京都を中心に同心円状に外へと広がっているのだそうな。一番近い円がデデムシ、順次遠くなって、中部と四国はマイマイ、一番遠い九州西部と東北北部がナメクジ。中心から遠いほど古い言葉なのだそうな。

6月23日

金銀花

ちんいんふぉあ

どこやらに、いい匂い。緑のやぶの、どこだろう、香りを頼りにさがしてみれば、「チンインフォア」、中国で教えてもらった名前が突然もどってきた。日本語を教えていた中国の大学生が「ご存じですか」と、いい香りの花を折ってきてくれた。「同じ枝に、ほら、金と銀との花がさいているでしょう。だから金銀花《チンインフォア》」。それ以来、この花が好きになってしまった。日本に帰ってきて、スイカズラといい、忍冬《にんどう》というと知ったが、梅雨の晴れ間のやぶかげに、金銀花をさがしてください。

6月24日

雨宿り

あまやどり

急な雨、傘を持ってくればよかったと思いつつ、近くの軒先にちょっと雨宿り。本降りかなあ、それとも通り雨、と空を見上げてしばし思案にくれている。でも、雨宿りは意外に楽しい。雨が線になって見える。なるほど雨脚に見えると思う間もなく、雨粒はアスファルトにぶつかり、砕け散る。その煌《きら》めきの瞬間はまるでダイヤモンドの散乱反射。たまには、立ち止まる時間も、いいものだ。

6月25日

ボウフラ

ぼうふら

蚊になるせいか、嫌われ者のボウフラ。
棒がフラフラ、このイメージ、愛嬌があるのになア。

6月26日

サクランボ

さくらんぼ

サクランボ宝石のようと亡き人は

6月27日

吉野

よしの

木の樋《とい》に 吉野の清水流し込む

6月28日

虎が雨

とらがあめ

梅雨特有の蒸し暑さに、カビという厄介者。せめて味覚だけでもさわやかに、ショウガや酢をきかせようかと。

そんな折、心に響く「虎が雨」。陰暦五月二十八日の雨をいい、雨の特異日となっている。じつは、遠い鎌倉時代のこの日、曽我十郎、五郎の兄弟が富士の裾野で父の仇を討ち、十郎も命を落とした。虎は十郎の恋人だった。まだ十九歳。彼女は尼となって菩提を弔う道に生き、命日のこの日、虎の涙は雨となって降る。

長野市武井神社にお虎の庵跡がある。雨にぬれて訪ねたく……。

しんみりと虎が雨夜の咄《はなし》かな　路通

6月29日　にぎわい

にぎわい

町に人が歩いている、次から次に。若い人も、高齢の旅仲間も、外国人も。白壁の店が好きな人、おそば屋の前に並ぶ人、マンホールの浮き彫りをカメラに収める外国人、こんなものが珍しいのかと、撮影姿に立ち止まる人もと、次々に。

静かが好きな私だけれど、町はやっぱり、にぎわいが似合う。公園もそう。あちらにも、こちらにも、子どもたちが飛んだり跳ねたりボールを追ったり。「やっぱりいいな、にぎわいは」。そんな私に、友が、「ねえ、食卓のにぎわいは玉子のあの黄色だよね」。

6月30日　ねまき　おきまき

ねまきおきまき

寝間着は毎日ご厄介になるけれど、「おきまき」という言葉、芥川龍之介の手紙を読むまで、聞いたこともなかった。

避暑先から夏目漱石先生へ、「ねまき、おきまきも一つで、ごろごろしています」とご挨拶。夜昼着替えもせずにというのだが、「おきまき」、手近の辞書にはのっていなかった。ところが、少し先輩の何人かの方に、「あら、知らないの?」と逆に驚かれて、「よそいきまき」もあるんだよと。

文月

ふみづき

7月1日　青い玉

あおいたま

梅雨晴れの青い空。さんさんと夏の光に輝いて、宝石のような青。海もいい、空もいい。青さがいい。

歌人の与謝野晶子は、青い玉を、子どもたちの手のひらに乗せてやる。

「この青い玉を見てごらん、空が見えないかしら、海が見えないかしら、水色の花が咲いてやしないかい」と言いながら。

小さな手のひらに広がる無限の夢。

歌人の家は貧しいけれど、晶子は子どもたちの心を豊かにわくわくさせる母だった。

いつも創意に満ちたすてきな贈り物を考える母だった。

7月2日　水鉄砲

みずでっぽう

そういえば昔、水鉄砲があった。竹筒でできた、トコロテンを押し出すようなあの水鉄砲。近所に竹があれば、簡単に手作りもできるのだが、押し出す棒の先の布の巻き方一つで、飛び出す水の勢いがぜんぜん違うのだ。

クーラーなどない時代には、子どもの夏はせっせと水遊び。庭にはタライが置かれ、舟やジョウロや水鉄砲を持ちこんで、飽きるまで遊んでいた。

この水鉄砲、江戸の火消しポンプをまねて生まれた、三百歳の長寿である。

7月3日　お茶っこ

おちゃっこ

「ちょっと、おめさん、おちゃっこ、してかねえかい」と、近所の顔なじみが声をかけている。もちろん！　お茶うけも山盛りにある。漬け物、おやき、煮物にごま和え。

仕事の合間に「おちゃっこ」の出番があれば、職場の絆も深まり、仕事のきびしさも和らげてくれる。

このごろは「お茶飲み」という方が多い。

若者は「お茶する？」。でも、好い響きですね、「おちゃっこ」。

7月4日

水中花《すいちゅうか》

ひとりいて思い出すことのあり午後の窓辺の水中花

7月5日

河童橋《かっぱばし》

河童の国の入り口は上高地の河童橋近くにあるそうな。芥川龍之介の小説を信じるなら、梓川のほとりで昼飯をほおばれば、時計のガラスに河童の姿が映るはず。

7月6日

芋の露《いものつゆ》

芋の露連山影を正しうす　蛇笏

7月7日 たなばた

たなばた

棚機《たなばた》、七夕《たなばた》、乞巧奠《きっこうでん》、星祭、星迎え、星合《ほしあい》等々、たなばたを表す言葉の多さに驚く。日本古来の伝統と中国の伝統が混合されているせいもある。牽牛《けんぎゅう》・織女《しょくじょ》の二星が一年に一度、恋を成就させる星の記念日も、それにあやかって、裁縫の腕前上達を祈る乞巧奠も、もともとは中国で育まれた伝説だった。日本古来の伝説が棚機《たなばた》つ女《め》。人里離れた機屋《はたや》で、タナバタツメは神の来臨を待ち、一夜、丁重にもてなし、翌朝、村中の穢《けが》れを持って帰っていただくのだという。

7月8日 榎

えのき

近くに、樹齢五百年の榎がある。江戸時代、街道の一里塚に好んで植えられたという。榎はのびのびと緑の枝を広げ、歩き疲れた旅人が、一息つける癒やしの空間を作る。椿《つばき》は春の木、冬は柊《ひいらぎ》。秋はと調べてみたら、楸《ひさぎ》があった。あざやかに季節を変える日本の春夏秋冬、その季節にもっともふさわしい木を、思い定めた日本人の感性。夏の日射しの中、会いにいった榎の巨木は緑美しい葉の天蓋《てんがい》。この榎の葉だけを食べ、オオムラサキの幼虫は美しい蝶となる。

7月9日　ネムの花

ねむのはな

ある日、なじみの公園で、良い匂いにつつまれた。やわらかにやさしい香り。どこ？　なに？　ぐるっと見まわし、見上げた空にきれいな薄紅《くれない》。やわらかな絹糸をたばねたようなネムの花だった。

葉にさわれば、閉じる、だから、眠る、ネム。子供のころ、見つけるとさわっていたのは、もっと小さくて、草だと思っていたが、太い幹がすんなり伸びた大木だった。葉は細やかに広がり、花もまたやわらかな雲のよう。散った後まで色も香も美しい。

芭蕉は、雨にぬれるネムに、西施《せいし》を思った。

西施は中国絶世の美女、若く美しいまま逝った。

象潟《きさがた》や雨に西施がねぶ（ねむ）の花　芭蕉

7月10日 蝉しぐれ

せみしぐれ

子どものころは蝉の声とともに夏が始まり、学校もすてきに長い夏休み。妹と二人、遠い祖母の家に行って、日がな一日、朝顔の色水を作り、井戸のスイカを待ちわびた。そしていつも、蝉の声が、小さな二人の上に降っていた。

大人になれば、長い休みはないし、アブラゼミの大合唱にはもううんざり。ところが、その大合唱を蝉時雨と命名。全山、鳴いては止み、止んでは鳴く、まるで時雨のようなと。時雨は初冬の気。蝉の声は一気に爽やかに。深山幽谷《しんざんゆうこく》の気さえ漂う。

7月11日 穀象

こくぞう

お米の中になにやらうごめく黒い物。穀象という名の小さな虫が、ちょうど、梅雨時の暑さとともに湧いて出た気がするが、久しく、見たことがない。哀れ、現代科学で退治されてしまったか。虫メガネで拡大すれば、象の鼻のような細長い口が突き出ているから穀象。

米粒よりも小さな虫に、巨大な象という名を付けるとは‼　相撲界一の巨体に小《こ》錦さん。小さなカタツムリに大きな牛を背負わせて蝸牛《かたつむり》。この距離感覚がおもしろい。

7月12日

結い《ゆい》

「見上げればこんなに青空は」と歌う「結―ゆい」の夢

7月13日

ぬか床《ぬかどこ》

ぬか床に 何代の手の 温もりぞ

7月14日

草千里《くさせんり》

青春の旅の一日《ひとひ》の草千里

7月15日　こんにゃく閻魔

こんにゃくえんま

閻魔さまは、人の一生を裁き、嘘《うそ》をつけば舌を抜く。厳《いか》つい顔、にらみつける目。でも、小石川の源覚寺のこんにゃく閻魔は、右目が濁って割れている。江戸時代、目の病で苦しむ老婆に、自分の右目を与えたからだ。老婆は大層喜び、自分の一番好きなこんにゃくを断って、閻魔さまに差し上げた。いまでも多くの人が願をかけ、こんにゃくをお供えする。寺の前ではこんにゃくを売っている。

7月16日　さぐり芋

さぐりいも

友がいた。畑が大好きで、農薬も化学肥料も使わず、朝早く飛んでいき、朝ご飯前に帰ってくる。この季節、生きていれば、ニコニコと、持ってきてくれた宝物がある。まだ掘りあげるには早すぎるジャガイモ。でも少しだけ、手で探ってみる。畑のホクホクの土の中、そっと入れた手の先に、コロリと、手応えのある物がある。さぐりイモとも、探り掘りともいうそうな。友の手から私の手にコロリと移る宝物。うれしそうな友の顔だった。

7月17日 雲の峰 くものみね

夏空に盛り上がる雲の峰。空は青く、照りつける太陽に、雲の峰はムクムクと天高く上昇する。積乱雲、入道雲、雷雲とも呼ばれ、信濃太郎とあだ名する地方もある。天空を圧する雲の峰なのに一茶はおもしろい、「投げ出した足の先なり雲の峰」というのである。まるでアップの写真のような、投げ出した一茶の足の存在感。雲の峰は足の向こうに小さく顔を出す。鼻の先であしらうというが、一茶は、巨大なはずの雲の峰を、足の先に軽くあしらってすましている。

7月18日 風鈴 ふうりん

風鈴は風の鈴。お隣の中国からの伝来で、室町のころは茶室の軒につるされていたという。釜のわく音に松風を聞くという茶の湯。風鈴にはなにを聞いたのだろう。わが家の風鈴は義母が静岡の軒先からもってきた。三十数年の年期が入った南部鉄。やさしい響きで風の訪れをつげ、リーンとすんで鳴り、余韻をひいて消えていく。不思議になつかしく、耳をすましていると、昔のことどもが、立ちかえってくる。

風鈴や 耳かたむけて 去年《こぞ》をきく

7月19日

鬼灯

ほおずき

ほおずきや　鳴らし上手《じょうず》の　夏が来る

7月20日

心太

ところてん

心太には、海の色、海の香りがある。同じ海藻から作られながら、寒天は寒さの中で、海の色も香もからり捨て去る。

7月21日

秘密基地

ひみつきち

段ボール組み上げて基地　子ら二人

7月22日 こがねひぐるま

こがねひぐるま

髪に挿せばかくやくと射る夏の日や王者の花のこがねひぐるま

これは与謝野晶子の歌。ヒマワリの別称なら「日車」が普通なのに、晶子はそれでは力が足りないと「黄金日車」という新しい言葉を作ってしまった。しかも「王者の花の」という言葉まで添えて。晶子は自分を美人とは思っていなかったようだが、肌の白さと黒髪の美しさに誇りを持っていた。そしてそれ以上に自分の生き方に。王者の花の黄金日車を髪に挿しても負けないだけの、堂々たる誇りを。

7月23日 甘酒

あまざけ

いよいよ猛暑。さて、どうやって夏をしのごうか。まずは日よけをと、朝顔の風流に、今年はゴーヤの食欲も仲間入りして、着々とつるを伸ばしている。

それでも駄目だったら、甘酒の出番である。甘酒は冬の定番。それが現代の常識だが、お江戸の夏は甘酒売りが風物詩。

でも、たしかに一理ある。甘酒はたっぷりのブドウ糖にビタミンも豊富。なにも、冬に限定することはなかったのだ。

7月24日

線香花火

せんこうはなび

一番なつかしく、一番好きな線香花火。風に吹かれないよう、小さくしゃがんで火を灯す。赤い火が噴き出し、小さなまんまるな玉になる。アッという間もなく落ちてしまうこともある。そこをうまく乗り越え、パッパッという音とともに四方八方、明るい火花を飛ばす、あの瞬間のうれしさと達成感。最後は柳になって、ドラマは終わる。

　膝の子や線香花火に手をたたく　一茶

子どもは巣立ち、もう大人ばかり。でも、ちょっと、やってみましょうか、線香花火。

7月25日

打ち水

うちみず

夏の陽の猛々しさは、なまじのものではない。猛暑、炎暑。これでも足りず、油照り、炎天、炎昼。いっそのこと単刀直入に、灼《や》く、炎《も》ゆ、と。

これほどの炎熱だからこそ、打ち水のさわやかさ。大自然相手に、小さな人間の手桶一つに柄杓《ひしゃく》ひとつ。ひとすくいの水を、水音《みずおと》爽快に打ち付ける。

打つという響きがいい。ひとつ打つごとに、地も石も草や木も、艶やかな色と生気を取り戻す。清涼の気がわき、心が生き返る。

7月26日

星の砂《ほしのすな》

ほんにまあ星の形の島みやげ

沖縄の竹富島の星の砂をもらった。本当に五角形の星形だった。

7月27日

いがぐり頭《いがぐりあたま》

カツオ君は今もいがぐり頭。テレビの前の子どもの髪型が変わっても、今も。

7月28日

虹《にじ》

虹立てば よみがえり来る想いあり

7月29日 ギャングエイジ

ぎゃんぐえいじ

「ギャングエイジって知ってます?」

大人流に言えば自我の目覚め。自分でやりたいことがはっきり出てくる年少《ねんしょう》さん。

でも、まだうまく説明はできない。だから仁王立ちとなり動かないギャングエイジ。

もっと大きくなれば、スタイルから決めてくる。

タンクトップに、野球帽をグイッと阿弥陀《あみだ》にかぶり、肩で風切る自己主張。

こうやって大人になっていくのですねえ。

7月30日 星の王子さま

ほしのおうじさま

サン・テグジュペリの「星の王子さま」。

物語だけでなく、挿し絵がじつによく、これもサン・テグジュペリが描いている。

フランス語の原題は「Le Petit Prince」、英語訳も「The Little Prince」。Prince を王子と訳すのはちと問題らしく、直訳すれば「小さな大公」ということになろうか。

でも、日本語の本は直訳ではなく、あえて「星の王子さま」と変えての出版。

この方が、挿し絵のイメージにもぴったり。

7月31日

夏越しの祓え

なごしのはらえ

なごし、という響きのやわらかさ。

夏越しの祓えは旧暦の六月末日、茅《ち》の輪をくぐったり、紙の人形でわが身をなで、人形に穢《けが》れをうつして川に流す。

私たち人間は、どんなに正直に生きても、おのずから穢れていくもの。

ならば一年に二度、夏越しと年越しの祓えで、穢れを流し、まっさらな自分にリセットしようというのだ。

旧暦なら、立秋前後の、夏を越え、秋に備える心がもともとの祓え。

今は新暦の六月末。夏本番を前にして、猛暑をがんばろうの祓えに変わってしまった。

ちょっとさびしい。

葉月

はづき

8月1日　朱夏 しゅか

「しゅか」という響きがなんとも好き。引き締まっていて、生命の燃える華やぎがあって、夏の暑さも、朱夏と言っただけで、歓迎モードに切り替わる。

中国の古い思想から生まれたというが、春の青春は人間様に乗っ取られ、玄冬《げんとう》、黒い冬なんて素敵なはずなのになじみ薄。秋は白秋と思いきや、中国では素秋。でも素は白。

芭蕉は「石山の石より白し秋の風」という。

青竜《せいりゅう》、朱雀《すざく》、白虎《びゃっこ》、玄武《げんぶ》の神々も東西南北に配されているが、朱夏の響きが一番好き。

8月2日　蚊遣火 かやりび

『枕草子』の清少納言にも憎まれた蚊ではあるけれど、「かやりび」にはなつかしい匂いがする。ヨモギや杉の葉をいぶして蚊を追い払う情景のせいなのか。

樋口一葉の『にごりえ』にも、「かやりび」が出てくる。夫の心は他の女に移っているのに、女房は「かやりび」を焚き付け、行水《ぎょうずい》を用意し、冷や奴《やっこ》に青ジソを添えて待っている。藪《やぶ》蚊に悩まされた一葉の下町暮らしが思い付かせた情景なのだろうか。

8月3日

猛暑日

もうしょび

三十五度をこえる猛暑が続く夏。若い方が、「何これ？　三十七度だなんて、チョー真夏日!!」とのたまう。

たしかに、このごろの暑さはやっぱり「チョー」がつく。気象庁も捨ててはおけず、三十五度を超えたら猛暑日と、新しいことばを作らざるを得なかった。それが平成十九年。三十五熱帯夜は気象エッセイスト倉嶋厚さんの造語だというが、日本列島、恐ろしい酷暑日が登場するかもしれない。

8月4日

朝顔

あさがお

朝顔ほど爽やかな花はない。猛暑の夏は、朝からむんむんして、ああ、今日もまたかとげんなりするが、朝顔に向かえば、心は一挙に爽快モード。

西洋の花の派手さとは無縁の色の、藍《あい》を、茜《あかね》をと目で追ううちに、思いがけずも流れくる花の涼感。風鈴は耳に、朝顔は目に。

その涼しさにひかれて「朝顔は秋の季語」と決めた昔の心、みょうに納得される。

朝がほや一輪深き淵のいろ　蕪村

8月5日

土用波

どようなみ

海深く押し来るうねり　夏土用

8月6日

かき氷

かきごおり

削《けず》り氷《ひ》は　貴《あて》なるものと　昔人《むかしびと》

昔は氷は貴重品。清少納言は新しい鋺《かなまり》に入れたかき氷を高貴なるものという。

8月7日

猿すべり

さるすべり

百日紅《さるすべり》明るきままに　夏はゆく

8月8日 麦わら帽子

むぎわらぼうし

太陽がカンカン照りつける夏。麦わら帽子がじつに重宝だった。おじいさんの定番は黒いリボンをまいた頑丈なつば広。宮崎駿の「となりのトトロ」、あの可愛い二人も麦わら帽子をかぶっていた。ちっちゃなメイは、つばのクルッと反った小さな帽子、いたずらっぽい目をクルクルさせてかけまわる。姉のサツキは、健気《けなげ》な少女らしい柔らかなつば広。小さな子どもからおじいさんまで、麦わら帽子はお日様のいい匂いがする。

8月9日 緑陰

りょくいん

夏の都会の午後、体をすっぽり包む空気がサウナのような。まさにヒートアイランド。よくまあ名付けたものとあきれながら、ひたすら思うのが緑陰。木々の緑に包まれて、その下にうまれた青い蔭。せめて、細い流れのような街路樹でもいい。できれば、こんもりとした林の陰。うっそうとした森なら申し分ない。さわやかな風も吹いてくるし、可憐な花がそっと隠れているかもしれない。

緑蔭に染まるばかりに歩くなり　立子

8月10日 せせらぎ　せせらぎ

木漏れ日のなか、「せせらぎ」の音を聞きながら歩く。それだけで幸せ。「せせらぎ」は楽しげなおしゃべりのようでもあり、おのずから立ちのぼる気もある。鴨長明《かものちょうめい》さんは、ゆく川の流れに、この世の、はかなく移る無常をお感じになったけれど、私は、「せせらぎ」に、絶えることなき命を思う。

ひとしずくの源流が、「せせらぎ」となり、流れる森からは小鳥の声も聞こえる。小さなイワナも泳いでいる。生命のささやきが聞こえつづける。

8月11日 山の日 川の日　やまのひかわのひ

「海の日」ができ、それから「信州山の日」が。昨年からは全国の「山の日」もできたのに、どうして「川の日」はないのだろう。

梓川の清流はもちろん、小さな山の小さな川でも、渓流にはほれぼれする。せせらぎの音、爽やかな冷気、生きているって好いなと思うのに、なぜ、「川の日」はないのか。でも、あったんです、奈良県に。海のない奈良県は「海の日」がピンとこない、じゃあ、「海の日」を「奈良県 山の日・川の日」にしようと。こんな選択肢もあるんですね。

8月12日

お花市

おはないち

明日からお盆という日の夕暮れ、お花市が立つ。浴衣姿もあり、町の風景がしっとりとして、盆花を買い求める人々が行き来する。

亡き義母《はは》は赤く色づいたホオズキが好きだった。まずはそのホオズキを、それからオミナエシやキキョウ、一足早く秋を告げる花を買い整えて、お盆を迎える。

お花市は、草市、盆市、手向《たむ》けの市といった呼び名もあり、昔は近くの山の花を子どもたちが摘みに行って売ったのだという。小さな売り子さん、見たかったな。

8月13日

迎え火

むかえび

お盆の十三日、夕暮れの門ごとに焚かれる迎え火。ご先祖様は一年ぶり、迷わぬように焚くのだと聞いて育ったが、私の家に唱え言葉はなかった。

秋田では「こながり、こながり、じっちゃも、ばっちゃも、皆来い来い」と唱え、諏訪でも「きゃらんのう」と唱えるという。

私の故郷は迎え火に麻殻《おがら》を焚いた。樺の皮、藁《わら》、麦わら、桂の葉など土地によって違うが、迎え火というやさしい呼び名は全国版。

8月14日

念仏踊り

ねんぶつおどり

お盆の念仏踊りに、阿南町和合《わごう》にお呼ばれしたことがある。くねくねと行く山の中、暮らしている人もそう多くはない村に、何百年も、途絶えることなく伝えられている念仏踊り。

けっこう難しい踊りで、大きな太鼓を抱えて踊る人も、長い棒をもって踊る人も、跳ね飛ぶ動きはむずかしそう。

未来へつないでいけるのだろうかと心配していたら、小さな男の子がじつに上手に跳ねている。まだ小学校へ上がっていないらしい。

「うまくなったなあ、去年より格段だ」。うれしそうなお年寄りの声が聞こえてきた。明るい夜だった。

8月15日

ざわわざわわざわわ

ざわわざわわざわわ

森山良子の歌声とともに忘れられない「ざわわざわわざわわ」。

サトウキビは丈高く、幹太く、葉は長く広く繁って、人の姿を完全に没し去る。その葉ずれの音を、普通ならザワザワといってしまうところだろうが、「ざわわざわわざわわ」と繰り返される不思議な魅力。

激戦の地、沖縄の悲しみを、大きく包みこむかのように、サトウキビ畑はざわわざわわざわわ。心の底を、ざわつかせながら、いつまでもいつまでも吹き続ける。

8月16日

灯籠流し

とうろうながし

十三日の迎え火に、亡き親の折々の事などが、あざやかに思われて、それももう、今日は送り火。門口にうずくまって赤々と火をともす。火で迎え、火で送る。

小さな灯籠に火をともし、川に流す送り火もある。ロウソクの火が揺れる灯籠が、いくつもいくつも、諏訪湖に流れ、東北の阿武隈川《あぶくま》に流れ、海に流れていく。

さだまさしの「精霊流し」の長崎は、爆竹の音もにぎやかに、大きな精霊船が町を練っていくのだそうだが、私は小さな灯籠を流す風習を恋うている。

8月17日

うぶすな ● うぶすな

産土《うぶすな》の地離れきて　喜寿迎ふ

産土は人の出生地、先祖伝来の大事な故郷。今生きる土地もまた貴く。

8月18日

サングラス ● さんぐらす

ずり落ちる大人メガネに得意なり

8月19日

喜雨 ● きう

喜雨待つも　入道雲の立ちて消ゆ

8月20日

絵日記

えにっき

書き残しの夏休みの絵日記を、あわてて埋めていく。
難題は天気。晴れだったか、雨だったか。昔は古い新聞を引っ張り出し、今はネット。

8月21日

焼きナス

やきなす

焼きナスを中山道の古き宿

8月22日

蕎麦の花

そばのはな

鬼すだく戸隠のふもとそばの花　蕪村
三日月に地はおぼろなり蕎麦の花　芭蕉
そばの花咲くや仏と二人前　一茶

8月23日　地蔵盆　じぞうぼん

地蔵堂からお社の鳥居まで、道の両側に灯籠《とうろう》の灯りがともる。ロウソクの明かりが静かにゆれる八月二十三日の夜、地蔵盆は幻想的な夜の祭で、日本の原風景とも言われ、舞われる獅子舞は心を奪う。

笛の音《ね》、太鼓の音《おと》、深い闇。地元もなく、観光客もなく、そこにいる全ての人が不思議な世界に引き込まれる。

もちろん子どもの目当ては屋台。祭の夜はせがまれれば奮発する。

8月24日　ラムネ氏　らむねし

子どものころおもしろいと思ったラムネ。栓《せん》が丸いガラス玉で、ポンと抜くと瓶の中に落ち、飲むたびにころがってくる。不思議だったのが、あの玉、どうやって瓶の中に入れるのだろう、どうやって栓をするのだろう……。

ラムネの発明者はラムネ氏だ、だからラムネなのだと大真面目にいう文学者がいた。およそ人類のお役に立ちそうもない、無駄とさえ思える発明に命をかける、その一生懸命な人生がいとおしく、「ラムネ氏」と「氏」を付けて呼びたいというのだ。

8月25日

みずくれ当番

● みずくれとうばん

「みずやりとうばん」という絵本を見つけた。そうだった、昔は私も水は「やる」もの、「水やり当番」に決まっていた。

信州で暮らし始めたある日、「水くれ」という言葉が飛びこんできた。「水くれたかい」「降ってくれねかね、水くれが大変だ」。

はじめは違和感にとまどい。それが今や、「水やり」だっけ、「水くれ」だっけ、どっちだっけ、というほどなじんでいる。これも異文化体験でしょうか。

8月26日

林間学校

● りんかんがっこう

夏休み、林間学校があった。子どもたちは眼をキラキラさせ、楽しかったーと帰ってきた。

肝試し大会があったのだという。真っ暗な森の中へ、三、四人で歩いていく。一番こわかったのは、道の真ん中に横たわった人。じっと動かない。それだけなのにみんなでキャー。担任の先生だとわかっても、何年たっても、楽しくよみがえる非日常の体験。

その子も親となり、子どもを送り出すのは自然教室。名称は新しくなったが、はて？

肝試し、やっているのだろうか。

8月27日 紙風船 かみふうせん

紙風船、ぽーんぽん。妹と一緒に、手の平でぽーんぽん。

明治の中ごろに作り始めたという紙風船。ゴム風船の先輩で、ふっくりとした木の葉形の五色の紙を貼り合わせ、ふっと息を吹き込めば、まーるい紙風船になる。

昔は男の子の遊びと女の子の遊び、けっこう区別があって、凧《たこ》やメンコは男の子、紙風船は女の子。折り紙を折って、四角っぽい紙風船を作ったこともある。

レトロな雰囲気がなつかしく、今でも売っているのか、探してみたくなった。

8月28日 夕涼み ゆうすずみ

涼しい夕風が吹いてくると、玄関先に小さなイスが、二つ仲良く並ぶ。

病気がちの大婆さんと、お嫁さんの中婆《なか》さん、仲良く風に吹かれて、夕涼み。

年をとれば出来ないことも増えてくるが、安心の家族に囲まれ、年を重ねる安らぎが、通りすがりの者まで笑顔にしてくれる。

このごろ、もうひとり、大婆さんのひ孫が、中婆さんに可愛らしく抱っこされて、お母さんが仕事から帰るのを待っている。涼しい夕風に吹かれながら。

8月29日　ひぐらし

ひぐらし

カナカナカナカナ。

高い澄んだ声が聞こえてきた、夕暮れのやさしさがようやく戻ってきた空に。

カナカナカナカナ……　高く澄んだ蜩《ひぐらし》の声。暑い一日の疲れが一挙に消えていく。

深い山ならば、昼間でも鳴く。朝も鳴くというけれど、町中に住む者にとっては、めったに聞けない特別の蝉なのだ。

暑い一日ももう終わる。暑かった夏ももう終わる。移ろいゆく時の流れに打たれる瞬間なのに、我が家の犬は無風流。

飼い主の感動などどこ吹く風、日暮れの散歩がうれしいぞ、うれしいぞと吠えている。

たちまちに蜩《ひぐらし》の声揃ふなり　汀女

8月30日 かなとこ雲 かなとこぐも

不思議な雲を見た。入道雲のように巨大な、でも上空高くモクモクのぼる姿ではない。エリンギのように、てっぺんが平らな巨大な雲。金床雲《かなとこぐも》というのだそうな。金属加工に使う金床、あの作業台に似ているだろうと言われれば納得。入道雲が巨大になりすぎ、成層圏にぶつかって、押しつぶされた形なのだという。入道雲よりはるかに強大で、ゲリラ豪雨襲来間近だという。

8月31日 かみなりさま かみなりさま

かみなりさま、といえば、もう虎の皮のふんどし。頭には角、ムクムクの雲の上に陣取って、ドンドコドンドコ太鼓をたたき、雨をザンザとまき散らす。昔は柄杓《ひしゃく》だったのだろうが、このごろのかみなりさまは如雨露《じょうろ》片手に水をまく。俵屋宗達《たわらやそうたつ》の「風神雷神」は迫力満点の国宝だが、私のかみなりさまは少々おっちょこちょい。足をすべらせて落ちてしまったり、「おへそを出してると食べちゃうぞ」とおどしたりする。「くわばら、くわばら」と叫べば、落ちないでくれるのだ。

長月

ながつき

9月1日 二百十日

にひゃくとおか

立春から数えて二百十日、ただ数を数えただけの言葉が、際立つ季節を告げている。

台風到来の危険信号なのだ。

二百二十日もまた同じ。ちょうど稲の花の咲くころだから、台風の大風は実りの秋の大敵なのだ。

宮沢賢治はこれとは逆に、風の又三郎というすてきな少年を空想する。

二百十日に現れ、二百二十日に消えていく風の化身の又三郎。

どっどど、どどうど、どどうど、どどう、ガラスのマントをなびかせて、ガラスの靴をカチッと鳴らし。

前七日という言葉もあるそうで、二百十日の七日前、この日も大風を恐れた。

9月2日 白米に大根

はくまいにだいこん

故郷はいつも変わらないと安心していた。あの「うさぎ追いしかの山…」の歌のように。それなのに東日本大震災で、あまりにも無惨に壊されてしまった。でも、「何が食べたい」と避難所で聞かれ、「白米に大根」と大きな声で答えた小学生。ハンバーグと答えても不思議ではない男の子が、「白米に大根」と。豊かな田圃《たんぼ》の広がる故郷が、しっかり耕された畑が、目に浮かぶ。ああ、ふるさとは大丈夫。きっと復興する。こんな子どもたちを育てたすばらしい故郷なんだから。

9月3日 黄金の波

こがねのなみ

稲穂がみごとに頭を垂れ、一面の、一面の金色のジュータン。さわやかに秋風が吹けば、黄金の波が、次から次に揺れていく。美しい日本の原風景。遠く、近く、山があり、その山から延々と水が引かれ、田んぼが拓かれ…。苦労の集積のようなのに、なんという美しさ。昔なら鳴子《なるこ》で鳥を追い払い、案山子《かかし》も立って、黄金の稲田を守った。今はネットの中で刈り取られる日を待っている。

9月4日 お福わけ

おふくわけ

「いただいた福を、あなたにも」という「お福わけ」。いい言葉だなと、目下、愛用中。じつは、信州に来るまで知らなかった。それまでは「お裾わけ」。でも、裾は、つまり、はじっこ。まるで余り物でもわけるようで、なんだか失礼な気がして、落ち着かなかった。「ここらでは、お福わけっていいますよ」と、初めて耳にした時の衝撃は、これもまた「未知との遭遇」。

信州の「お福わけ」は、春の山菜から冬の大根まで、季節のかおり豊かな福ばかり。

9月5日 こまめ

こまめ

おさな子は一日二万歩歩くという。確かにパタンと眠りに落ちるまで、よくまあ動く。江戸の貝原益軒は、元気で長生きの秘訣《ひけつ》はこまめに動き回ることという。でも大人となれば、これがなかなか難しい。私もつい座り続け、「買い物は一度ですまそう三日分」になっていた。

でも、年を重ねるこれからは、「一度でできることも、三度に分けて」と自分で自分にかけ声を。ちょっと立ち、ちょっと家事して、こまめにこまめに、元気に長寿に。

9月6日

隆起する

りゅうきする

二百万年隆起の力 戸隠の山鋭くて神やいますや

二千万年前、海底に火山礫《れき》の地層が堆積、そして二百万年かけて二千メートルの戸隠山となった。

9月7日

銀木犀

ぎんもくせい

おいでやれ 花の香りに茶を立てん

9月8日

かくれんぼ

かくれんぼ

かくれんぼバアーと出るのが楽しい子

9月9日 菊の節句《きくのせっく》

九月九日は菊の節句。老いを拭い去る大切な日。真綿に菊の露と香をしみこませ、それで体をぬぐって、老いを捨て去るというのだ。前の晩に、庭の菊に真綿をかぶせる面倒があるが、それぐらいで老いを捨てられるなら、いくらでもいたしましょう。ところで、菊の真綿を贈られた紫式部は、「私、そんな年ではないわ」といささか、とまどいを見せているようにも思われる。

9月10日 くろがね《くろがね》

くろがねの秋の風鈴鳴りにけり　蛇笏

秋になると、必ずこの句を思い出す。「くろがね」という響きがいいのだろうか。もちろん風鈴の出番は夏。秋はもうお蔵入りの季節だというのに、くろがねの重厚なこの風鈴。秋の強い風を待って、初めて鳴ったように響いた。渋くて、深くて、いいなあと思う。鉄はくろがね、銅はあかがね、銀はしろがね。大雑把《ざっぱ》に核心をとらえて、どれもいい。

9月11日　ひんやり

ひんやり

秋到来の喜びを、「ひんやり」という一語ほど、軽快に、心弾む感覚で表わしてくれる言葉はないのではないか。「秋冷」では少々きついし、「冷ややか」ではあまりにつれないし、やはりここは「ひんやり」の独壇場。
心も体も猛暑や残暑でお疲れモード。そこへ、ふいと訪れる秋の顔。一陣の吹きすぎる風に、柱や畳のふとした触り心地に、「ひんやり」としたものを感じた時の喜び。

秋来ぬと目にはさやかに見えねども
風の音にぞ驚かれぬる　敏行

9月12日

秋遍路

あきへんろ

秋遍路　道後《どうご》の道で会いにけり

9月13日

絵はがき

えはがき

念願の句碑を訪ねて　葉書来る

9月14日

紙飛行機

かみひこうき

秋風が紙飛行機を乗せて飛んで行く

9月15日

ちいさい秋

ちいさいあき

誰かさんが　誰かさんが　誰かさんがみつけた
ちいさい秋　ちいさい秋　ちいさい秋　みつけた

サトウハチローの詩で、すっかりお馴染《なじ》みの「ちいさい秋」。秋はいつの間にか、そっとくる。夏ならばドーンと、冬もまた遠慮会釈もなしにグイッと押してくる。でも秋は、そっと来て、そっとうずくまる。あら、こんなところに秋がいた、という風に、わずかなすき間からも、「ちいさい秋」は。

9月16日

ひつじ雲

ひつじぐも

この夏、よく空を眺めた。九十一歳の父に、足をこれ以上弱らせてもらいたくなくて、一緒に歩きながら。ゆっくり、ゆっくりと。足早な生活から一変した目に、ある日、この秋一番の羊雲。鰯《いわし》雲より大きくて、ふっくら丸い雲の群。明るい夕日をあびて、ムクムクの毛が白く輝いていた。羊を飼う習慣のなかった日本に、羊雲は、いつ登場したのだろう。島崎藤村はラスキンの本を手に信州の空をあおぎ、「群羊の遊ぶがごとき」と雲の描写にはげんでいたが。

9月17日

タケコプター

たけこぷたー

澄んだ秋空に舞う竹トンボ。

上手な子は高く遠く、私は作り方がへたなのか、飛ばし方がだめなのか、じき落ちてしまう。もっと飛んでと思う夢は夢のまま。

でも、どこまでも飛んでいけるタケコプターを、「ドラえもん」は漫画の中でみせてくれた。どう見てもただの竹トンボなのに、頭に乗せれば、のび太ごと、ドラえもんごと、軽々と飛翔する。

忙しい友は「どこでもドア」が欲しいというが、私はタケコプター。

素朴な竹トンボを、ヘリコプターのようにしてしまう作者の夢力《ゆめぢから》が愉快なのだ。

9月18日

赤とんぼ

あかとんぼ

トンボもアゲハもめっきり減った。

子供のころ、いや、子育てのころも、オニヤンマだって、夏の庭に悠然と現れたのに、
ここ数年とうとうゼロ。すっかり変わってしまったと嘆くわが家に、黒アゲハが優雅な舞い姿を、一瞬見せてくれた。

今、期待しているのは赤とんぼ。夏は涼しい高原に避暑し、秋風に乗って降りてくる。

この夏登った標高二千メートルの八方池にもたくさんの赤とんぼがスイスイと。

来てくれるだろうか、町まで。

秋風とともに群れ飛び、なつかしげに指の先にとまってくれる赤とんぼを待っている。

9月19日

亀の子たわし

かめのこたわし

隅っこに 亀の子たわし 出番待つ

9月20日

極楽トンボ

ごくらくとんぼ

のほほんと わが道をゆく 大器なり

9月21日

雑キノコ

ざつきのこ

匂い松茸 味シメジ 旬の旨味《うまみ》は雑キノコ

9月22日

曼珠沙華

まんじゅしゃげ

曼珠沙華抱くほどとれど母恋し　汀女

彼岸花《ひがんばな》、天蓋花《てんがい》、捨子花と、マンジュシャゲの呼び名は多種多様。彼岸に咲くから、花と葉が別々だからと、それぞれ由来があるが、私は曼珠沙華が断然好き。梵語《ぼんご》の赤い花という意味で、法華経の「摩訶曼陀羅華《まかまんだらげ》曼珠沙華」に由来するとは今まで知らなかったが、知っても知らなくても、すてきな響きに変わりはない。漢字のイメージもいいし、汀女の句にもしみじみ惹かれる。

それなのに、この花を、死人花と呼ぶ風習があるのはどうしたわけか。由来を聞いても、美しさに驚いた子ども心のままに、曼珠沙華と響かせ、天蓋花もいいなと思っている。

9月23日

月餅

げっぺい

中国で一年暮らし、驚いたことがある。秋の仲秋の名月が近づいた頃、町のあちこちのお店に月餅の山。私達のよく知るあの月餅が、豚の脂身や多様なナッツ類をギュウ詰めにしたおいしい月餅に変貌し、大勢の人が大量に買い込み、贈りあう。丸い形は満月の円満具足にあやかってのもの、それで月の餅なのかと気付いたが、信州のおやきは具も作り方もさまざま、中国の月餅もそうなのだろか。

9月24日

花野

はなの

花野と言われて、秋を思う人がいるでしょうか。春爛漫《らんまん》の外房のお花畑は華やか過ぎるとしても、レンゲやスミレの咲き乱れる春の原、それが花野のイメージ。けれども、昔の人はひねくれ者。花野は秋だというのです。ススキ、カルカヤ、オミナエシ、秋草が秋風にそよぐ花野原。それが花野だよというのです。派手を嫌って、さりとて、侘《わ》び寂びほどの枯淡ではない。淡い、清楚《せいそ》な、涼やかな、秋の野の花。秋草の咲き乱れる花野という言葉、好きになりました。

9月25日

芋名月

いもめいげつ

芋名月？　ちょっと聞き慣れない、おもしろい響きの芋名月。

仲秋の名月の異名なのだそうな。

でも、まさか、煌々《こうこう》と輝く仲秋の名月に芋？　たしかに、取れたての里芋のおいしさは抜群ではあるけれど、「芋」のイメージは「芋侍」に「芋を洗う混雑」。

天高く澄み渡る名月に似あうとは思えない。

でも、昔の人は、春からの苦労の末の収穫を、お月様にも差し上げて、ともどもに祝いたかったのだ。仲秋の名月のころはちょうど里芋のとれ時。だからこその芋名月。

一月遅れの十三夜には、豆が熟し栗がみのるから、豆名月に栗名月。

9月26日

日曜大工

にちようだいく

サンルームを作りたいと思えば、まず大工さんに電話して、出来上がりを待つ。これがわが家。

ある日曜日、通りすがりのベランダで、お父さんががんばっていた。

外付けのベランダは風が吹き抜けていく。そこへ角材を持ち込み、トンカン、トンカン。

そして翌週、早くも、手作りのサンルームがみごとに完成していた。

冬の長いこの地域。暖かさが周囲にこぼれてきた。

9月27日

影踏み

かげふみ

「ほら、踏んだ、ほら」と、小さな子どもは、ちょっと踏むだけで、もう夢中になって逃げまわる。不思議なほど、夢中になれる、小さなころの大きな時間。

親がしてくれた影踏みを、子どもにしてあげ、孫にもと、自ずからなる伝承の、ふと思えば、影踏みは秋が似合うと思っている。新美南吉のごんギツネが、兵十の影法師をふみふみついていったのも、月のいい、栗だのキノコだのの採れる秋の晩だった。

ピーターパンが影を取り戻しに来た季節はいつだったのだろう。

9月28日

銀河鉄道

● ぎんがてつどう

黒々とした夜空に、ほのかに白い天の川。

その天空の川べりをカタコト疾駆《しっく》する銀河鉄道。

宮澤賢治の『銀河鉄道の夜』のおかげで、私たちも、白鳥座がのびやかに羽を広げたあたりに、銀河ステーションを夢見ることができる。

川に落ちた友を助けて死んだ少年カンパネルラの姿が浮かび、タイタニック号からびしょ濡れで移ってきた小さな姉と弟に涙することができる。

誰かのために命を犠牲にした人を乗せてひた走る銀河鉄道。

賢治から松本零士へ、『銀河鉄道の夜』から『銀河鉄道９９９』へ、私の銀河鉄道はカタコトと走り続ける。

9月29日　チチロ　ちちろ

秋の気配が深まるにつれ、さまざまな虫の声がきこえてくる。名前は、はて、さて、と思うのだが、鳴く声そのままに、スイッチョ、チンチロ、ガチャガチャという呼ばれ方、いいなと思う。馬追《うまおい》、松虫、轡《くつわ》虫の別名なのだそうな。

　この辺り母の座《すわ》りしちちろ鳴く　　かな女

このかわいらしいチチロが、コオロギのことなのだと知ってみれば、たしかにチチロ、チチロと聞こえる声がある。

9月30日　野菊　のぎく

夏の終わりから秋へと、薄紫の花を咲かせる野菊。大輪の菊とは違い、特に植えなくても、特に手入れをしなくても、素朴なやさしい花を毎年、見せてくれる。そんな野の花を、千利休はあえて、天下人である秀吉の茶会に使った。豪奢《ごうしゃ》な聚楽第《じゅらくだい》の、みごとな天目茶碗《てんもくちゃわん》に鴨肩衝《かもかたつき》の茶入れ、その間に、野菊を一枝はさむという演出であったという。

神無月

かんなづき

10月1日

神無月

かんなづき

かんなづきは旧暦十月の異名。キリッとした響きはいいが、漢字の並びはいかにも奇妙。神のいない月なんて、どんないわれがあるのだろう。

この月は、収穫をすべて終え、神に豊年の感謝を捧げる月だから、神の月。昔風の言い方なら神な月。ところがそれに、まるで逆の神無月という字を当ててから、伝承もじつにさまざま。

一番好きな伝承は、日本中の神様が出雲に出かけてしまうので、社《やしろ》はあれども神は無しというお話。出雲の国だけは神有月《かみありづき》で、さて、集まった神様、われら人間の縁結びにねじり鉢巻きなのだそうな。

10月2日　断捨離

だんしゃり

強い響きが爽快な断捨離。生活に必要な最低限の物だけ残し、あとはきれいさっぱり捨て去る。いいなと思い、なりたいなと思うが、なかなかもって捨てられない。思い出がなければいいが、これは亡くなった母が買ってくれた物、これは出会いのご縁でいただいた物。物というには余りある思い出の数々。澄んだ空から透明な光がふってくる。さわやかな秋が来て、さて衣替え。断捨離しようか、やめようか。また、悩ましい秋が来た。

10月3日　吾輩

わがはい

『吾輩は猫である』で有名なわが輩。明治の髭のいかめしい高官でも使いそうな吾輩を、名もないネコが言うところにユーモアとペーソスが漂う。父は僕《ぼく》といい、改まった挨拶《あいさつ》には小生《しょうせい》といっていた。宮澤賢治の最愛の妹はやわらかな花巻弁でおらと。関西や京のおなごはんは、わて、うち。お公家さんのまろも柔らかだが、清少納言の仕えた中宮定子もまろといった。女性もまろなんだ！年配の人ならわし、西郷さんならおいどん。拙者《せっしゃ》もあれば、それがしや自分もある。

10月4日

秋草

あきくさ

夏草は、みなぎる命にあふれ、緑の草一色の世界。秋草といえば花。やさしく優美な花の姿が思われてくる。そういえば、秋の七草もすべて花の姿だった。ハギ、ススキ、キキョウ、ナデシコ、オミナエシ、クズ、フジバカマ。秋草の揺れる高原を旅したなら、この切ないまでの美しさを、誰かに送らずにはいられない思いにかられるかも知れない。

吾木香《われもこう》すすきかるかや秋くさの
さびしききはみ君におくらむ　牧水

10月5日

そぞろ寒

そぞろざむ

そぞろ寒 寒さ慣れせぬ 寒さかな

10月6日

おかゆさん

おかゆさん

やわらかに京の朝餉《あさげ》のおかゆさん

10月7日

セピア色

せぴあいろ

昔のフィルム写真は、初めは白黒のコントラストがあざやか。が、年とともに、淡い褐色のセピア色に変わっていく。セピア色は思い出の色、なつかしい色。

10月8日　栗ごはん《くりごはん》

月も良し、星もまたキラキラ。そんな夕暮れ、友が栗を持ってきてくれた。働き者のご主人の、山の家の栗の木。今、採って、今、もどってきたばかりというピカピカの栗。母ならば、必ず栗ごはんを作ってくれたものだった。無精な娘はゆで栗にして、包丁で半分に切って、スプーンで食べている。おいしい。

でも母は、ゆで栗も、せっせと包丁でむいて、丸ごと食べさせてくれたものだった。無性になつかしく、大奮発して、少しだけ作ってみた、母につながる栗ごはんを。

10月9日　腹八分《はらはちぶ》

天高く馬肥ゆる秋。みのり豊かに秋を迎え、知人の庭先にハタケシメジが顔を出し、そのまたおいしいこと。果樹をやっている友もいるし、直売所に寄れば取れたての里芋も新米もと、「腹八分」を維持するのはあまりにも難しい。

それにしても小さな子の良く食べること。お腹がポンポコリンにふくらんで、ほんとにまあ大丈夫と心配になるのに、太りもせず、ずんずん伸びていく。「腹八分」は小さな子には無縁でいいのでしょうね。

10月10日

夕げ時 ● ゆうげどき

「ごはんだよ」みな駈けていく「また明日」

10月11日

布団干す ● ふとんほす

お日様を布団の中に囲い込む

10月12日

水彩画家 ● すいさいがか

日曜画家は水彩の淡きを愛す

10月13日

十三夜

じゅうさんや

こうこうと欠けることなき満月。

けれども、何もかも満ち尽くしていることだけがすばらしいのだろうか。そう思った昔の人は、十三夜にも美を見いだし、仲秋の名月に一月遅れて、十三夜も祝った。

「片月見はいけない、十三夜さんにもお団子を」が口癖だった明治生まれの祖母。

明治の作家樋口一葉の名作『十三夜』は、男と女のえにしの悲しみを、十三夜の光のもとに描く。悲しみには十三夜が確かにいい。今年はいつ？　とカレンダーをくってみる。

10月14日

星月夜

ほしづきよ

野辺山高原で壮大な天の川を見たことがある。

白鳥座もあざやかに、無数の星がかがやき、地上までほのかに明るい。月はなく、星だけの輝きでこんなに明るい夜を、星月夜と呼ぶのだという。

星明かりともいうが、今はもう、町は明るすぎて、星月夜に驚くことはできない。

だからこそ、高原や山頂で、運良く、星月夜に出会えた時の幸せ。なんとまあ、たくさんの星が、宇宙にはあることか。手を伸ばせば、星に届く。そんな思いさえ湧いてくる。

10月15日　あかねいろ

あかねいろ

夕焼けの美しい秋。雲も純白の絹のドレスが舞うようなと、見上げる空に夕焼けの茜《あかね》色。淡くて、美しくて、赤とも呼ばず、朱でもない。赤とんぼのように澄んだ茜色。なつかしい昔からの色の呼び名の茜《あかね》、萌黄《もえぎ》、藍《あい》、紫《むらさき》。辞書を繰ると、茜色は茜草からとれるから茜。萌葱《もえぎ》はネギの萌え出る色。藍は草のアイからとり、紫も紫草の根からとる。なつかしい呼び名の多くは、自然の植物からそのままいただいた名だった。

10月16日　さむがり猫

さむがりねこ

雪がこんこん降れば、ネコはコタツで丸くなる。これは常識だけれど、今はまだ秋、昼間はまだ日が照りつける季節なのに、乗用車の下で、丸くなっているネコを発見。それも昼過ぎ、訪ねてきた家の道端にちょっと寄せて止めただけの車、その下にもぐりこんでいるのだ。ちょうどエンジンの真下のあたり、走ってきたエンジンの熱がきっとまだ残っているのか、そこに丸くなって、温《ぬく》い、温い。よくぞ見付けたねえ、君。そこまで寒がりやだったのか、君は。

10月17日

しなやか ● しなやか

しなやかに彼女生ききる秋桜《あきざくら》

10月18日

蓑虫 ● みのむし

ふと思えば 蓑虫見ずに秋半《あきなか》ば

10月19日

昇り龍 ● のぼりりゅう

朱雀《すざく》舞い 龍昇りゆく 雲沸き立つ

10月20日

草紅葉

くさもみじ

秋は紅葉の季節。全山紅葉の壮観も圧倒的に美しいが、草紅葉という言葉もある。尾瀬の草紅葉に会いたいと思い続けているのだが、身近な田畑の畦《あぜ》の草が、ある日ふと気が付くと、一面に秋の色に染まっている。小さな自然の小さな紅葉。秋の透明な陽を受けて、名も知らぬ葉の先まで、ほのかに、あるいは鮮やかに染まる秋の色。万葉時代の人もこの美しさに気付いていたが、「草紅葉」と一語で言い切った初めての人は、いつの時代の人だったのだろうか。

10月21日

耳をすませば

みみをすませば

青春は輝いている。ではあるけれど、青春は皆目《かいもく》先が見えない時もある。何をしたいの?どこへ行きたいの? 高校受験もあれば大学受験もある。さて、就職はと…。子どもの頃から「魚博士になるぞ」と一直線に生きられる人はむしろ少なく、迷いに迷う。そんなとき、立ち上ってくることばが「耳をすませば」。柊《ひいらぎ》あおいの漫画や宮崎駿のアニメのように、「耳をすませば」、自分の奥の奥、隠れた心の奥底の願いが見えてくる。本当は好きだった人のことも、本当にやりたかった仕事も。

10月22日

月の雫《つきのしずく》

秋になれば露がいっぱい。キラキラと、朝の光をうけた草むらに水晶のように輝く粒。咲き残るアサガオも、今をさかりの萩も、しとどに露にぬれている。美しく輝く月の光の雫が、地球にこぼれて露になるという。秋が深まり、きびしい冬野となっても、月の雫は輝きつづける。たくさんの小さな真珠のように。

　月からの雫枯野に転がれる　浅井慎平

10月23日

各駅停車《かくえきていしゃ》

ゆっくりと旅をする。新幹線をまこと便利に利用しながら、でも、あこがれはのんびりと行く各駅停車のローカル線。昔のように、窓を広々と開けられたらまことにラッキー。風に吹かれ、見知らぬ土地をガタゴトガタゴト。時間に追われる生活で忘れてしまった昔の旅。飯田線200キロの各駅停車は94の駅、トンネルは138もあるという。電車でしか行けない不思議な駅も、駅前の温泉もあるという。一度、乗ってみようかしら。

10月24日

夕焼け小焼け

ゆうやけこやけ

わっしょい、わっしょい、わっしょい、わっしょい。
真赤だ、真赤だ。夕焼小焼《ゆうやけこやけ》だ。　白秋

10月25日

おこびれ

おこびれ

おこびれを刈田《かりた》の畔《あぜ》で食ひにけり

おこびれはおやつのこと。長野で使われ、こびれ、こびる、こびり、こひるなどとも。

10月26日

風の道

かぜのみち

ひたむきに走る少女よ 風の道

10月27日

おむすびころりん

おむすびころりん

昔話のおじいさん。うんとこさ、どっこいしょと山に柴刈りに。そして楽しいお昼どき、ところが大変、手からすべっておむすびはコロコロコロ。ころげて穴にスットントン。これこれ、待て待て、と追いかけた、おじいさんも一緒にスットントン。もうじき親戚から、丹精の新米が届く。届いたら、なんにしよう。おむすびもいいな。梅干しを半分、小さくにぎるおむすびの、母はいつも三角形。いつも不思議だった、どうしたらころころがるのだろうと。

10月28日

あかり

あかり

灯火親しむころ、とはよくぞ言ったものと、秋になると思う。夏は、電灯のあかりさえ、暑苦しかった。わざわざ暗くして、闇の中に風をと思ったのに、秋風が立ち、夕暮れの早まるころから、不思議にあかりが恋しくなる。人恋しさは秋こそまさるというけれど、あかりもまた、あのほのかなぬくもりがなつかしくなってくる。灯火、灯り、あかり、どれも同じでありながら、「あかり」が一番好きというのも、平仮名の柔らかさにあたたかさを感じでもするのだろうか。

10月29日 かわたれ

●かわたれ

秋の日はつるべ落とし。日が落ちれば、もう夕闇は濃く、向こうから来る人を、さて、誰だろうといぶかしく思う。昔の人は、この思いのままに、「彼《か》は　誰《たれ》？」といい、「誰《た》そ？　彼《かれ》」といった。「かわたれ」「たそがれ」の誕生である。

やがて、朝はかわたれ、夕はたそがれと持ち分が別れたが、いまや、かわたれは死語。生き残ったたそがれは、人生のたそがれなどと、わびしさが付きまとう。いっそ、夕暮れに、かわたれを復活できないだろうか。「彼《か》は　誰《たれ》？」と、昔の思いを響かせて。

10月30日 ダイダラ坊

●だいだらぼう

日本の巨人伝説。ダイダラボッチや太々《だだ》法師など、呼び名は地域によって少しずつ違うが、大きな窪地に、巨人の指やかかとの形が残るものもある。池もある。山もある。近江の伝説の太々法師は、盛大に土を掘り、もっこで運んで三歩半、ぽいと置いたのが富士山、掘った所が琵琶湖。

八ヶ岳と諏訪湖の間にある大泉山《おおづみやま》と小泉山《こづみやま》、これもデイダラボッチが運んで置いた、八ヶ岳の土なのだそうな。

10月31日

おやすみなさい

おやすみなさい

信州に来たばかりの頃、別れぎわに「おやすみなさい」と声をかけてくれる若者がいた。お日さまはきらきらと天の真上にある。

こんな真昼間に、寝る前の挨拶はおかしいなと思ったのが初体験。

それからも時々、いろんな方から、昼間もあれば夕方もある。

でもいつも別れぎわに、それも、今日はもう会わないという時にかけて下さる。

「さようなら」より余韻があり、「お疲れ様でした、ゆっくりお休みくださいな」と言ってもらえた気がする。

このご挨拶、最近はご年配の方からしか聞けなくなっている。

霜月

しもつき

11月1日

行く秋や

ゆくあきや

行く秋や　渋柿熟す　寒さ待つ

11月2日

ひとり言

ひとりごと

伸びていく幼子《おさなご》のひとりごと

11月3日

月明紙

げつめいし

戸隠の柵《しがらみ》村の手すき和紙を月明紙と名付けた人がいる。川端康成の友人で、麻績村出身の山崎斌《あきら》。草木染めというなじみの言葉も彼の命名だった。

11月4日

落ち葉焚き

おちばたき

美しい紅葉が終われば、落ち葉の季節。小さな子どもは降り積もる落ち葉を両手いっぱいすくって遊び、大人は菊作りの堆肥にと掃き集める。私の子どものころは落ち葉焚きの風景がそこここにあった。白い煙、いい匂い。茶色の落ち葉がカサコソと小さな炎をあげている。「垣根の、垣根の、曲がり角、焚き火だ、焚き火だ、落ち葉焚き」初冬の寒さも忘れ、火もぬくい。心もぬくい。移り行く季節を愛《いと》おしむ心があった。

11月5日

菊日和

きくびより

ちょうど菊の花の頃にめぐまれる雲ひとつない青い空。出会うたびに、菊日和ということばが似合うなと思う。本当に、ぐるり天空を見回しても雲のかけらもない。おだやかな日が照り、風もない、菊日和。今年は荒々しい地球の異変に驚かされ、悲しむことが多かった。それだけに、菊日和の穏やかさが天の恵みのようにありがたい。ちょっと遠出でもしてみたく、リンゴの赤いこと、紅葉の鮮やかなこと、都会暮らしの友に美しい手紙を書きたくなった。

11月6日

ほうき草

ほうきぐさ

紅《くれない》に 何ともやさし ほうき草

11月7日

ピックルス

ぴっくるす

ピックルス・酢漬け・ピックルス・酢漬け

11月8日

アンパンマン

あんぱんまん

誕生日 アンパンマンと握手する

11月9日

相棒

あいぼう

散歩コースの裏山で出会う方がいる。いつも相棒と一緒に歩いてくる。どこか、寅さん映画の御前様に似て、長身痩躯《そうく》、ひょうひょうとリンゴ畑へ向かう。相棒は真っ白な紀州犬。きりっと締まった風貌に堂々たる体躯《たいく》。獲物を追い山野を疾駆《しっく》した先祖の血は、縛られることを嫌い、自由を愛す。それでも、「来い、行くぞ」、そんな声をけっして聞き漏らさない。大きな手術をした御前様の良き相棒なのである。御前様が軽トラに乗れば相棒も助手席にすまして座る。良き相棒なのである、本当に。

11月10日

かかしあげ

かかしあげ

稲刈りを迎えた田圃《たんぼ》から、案山子《かかし》を運んできて、ご苦労様でしたと、ぼた餅をたくさんそなえる「かかしあげ」。重箱にたっぷりつめて、子どもが近所に配って歩く。地域によっては、稲刈り、ハゼかけ、麦蒔き、脱穀の、全ての農作業を終えた時が「かかしあげ」。「おゆるりと　おくつろぎい」と唱えて、案山子にぼた餅をあげれば、そろそろ霜の季節。村中ゆるりくつろぐ冬を迎える。

11月11日

甘藷

かんしょ

「かんしょ」と響かせたい。サツマイモのことなのに、かんしょと呼ぶと、不思議に凛《りん》とする。

たくましい野の物から、品よきものが立ち上る。

丹誠こめて、親戚が贈ってくれる秋の実り。焼き芋にして、栗より甘いと食べるのだが、甘藷ほど、たどってきた道のりごとに呼び名が変わるものも少ないのではないか。

中国から琉球に伝わったときは唐藷《からいも》、琉球から薩摩に伝わると琉球藷《りゅうきゅういも》、薩摩から関西に行くと薩摩《さつま》芋《いも》。呼び名はルーツを教えてくれる。

中国は東南アジアから伝わったから蕃藷《ばんしょ》と呼ぶ。中南米原産の甘藷、東南アジアではなんと呼ばれているのだろう。

11月12日

柿すだれ

かきすだれ

散歩の途中、ふと見上げた軒下がずいぶん明るい。柿すだれだ！　そうだった、毎年、この時期、あの美しい柿色のすだれが出現する。明るい色に触発され、わが家でも一足遅れの柿すだれ作りにいそしむ。くるくるとリボンのように皮をむき、しばったり、つるしたり、これがなかなか大変。やがてわが家の軒下も明るく輝きだす。日が照り、風が吹き、柿すだれが渋く色合いを深めていけば、甘い干し柿がわれらの口に。

11月13日

花の紅葉

はなのもみじ

立冬も過ぎたのに、駐車場の向こうの植え込みが、驚くほど明るい。ふっくら丸い大振りの花がいくつもいくつも、紅色に咲いている。何の花だろう、こんな時期に。こんなにも赤い群落、あっただろうか。

驚くことなかれ、花は花でも、アジサイの花の紅葉《こうよう》。緑にすがれ、色を失ったまま、刈られもしなかったアジサイが、冷気を受けて、深々とした紅に染まっていた。「霜葉《そうよう》は二月の花よりも紅なり」の趣きは本当だった。

11月14日

小春日和

こはるびより

寒い冬、ほっと一休みするような穏やかな日。小春日和はそういう日の呼び名とばかり思っていたが、俳句では十一月いっぱいで、あとは使わないという。

「小春」は陰暦十月の異名。小春日和はその十月の好い日和のことだから、初冬にしか使えないのだ。

でも、夏のまだ残る暑さの中で「小さい秋みつけた」と喜ぶあの喜び。それと同じように、春を待ちわびる冬の終わりに、ちょっと言ってみたい、「小さい春みいつけた」と。

11月15日

鮭の宮参り

さけのみやまいり

千曲川に鮭が帰ってくる、今年は期待できそう。そんなニュースを見つけて、新潟県村上に伝わる「鮭の宮参り」伝説がよみがえってきた。

身のたけ一丈あまりの鮭太郎が、次郎、三郎の鮭を先頭に、大小の鮭、たくさんの魚族を従え、水をきって三面川《みおもて》を上ってくる。月の出をまって神社に宮参りする。

霜月十五日のこの日、漁師は網をおろさず、漁をせず。宮参りの鮭の姿が見えるようで、川面が神々しく感じられるという。信州にも、こんな鮭伝説、あるのだろうか。

11月16日 膝小僧 ひざこぞう

脚のすんなり伸びやかな方には似合わないが、私にはなじみの膝小僧。クリクリッとしたいたずら坊主のようで、なんだか自分のもののような、他人のような。「膝とも談合」という諺《ことわざ》もある。困り切ったときには自分の膝も相談相手にという意味だというが、「膝小僧とも談合」なら、もっと実感がわいてくる。おいおい、悪戯《いたずら》小僧、泣き虫小僧の膝小僧、などとふざければ余裕もうまれ、妙案もころがり出るかもしれない。

11月17日 たまり場 たまりば

公園の日だまりに、すてきなたまり場がある。夏は木々が緑の屋根となり、秋から冬はきれいさっぱり落葉し、ぽかぽかの日が当たる。風よけの築地《ついじ》めいたものも、木のベンチもある。

そこがご近所の八十、九十歳の方々のたまり場。多くても五、六人の、ご近所の縁で結ばれた常連さん。話は次から次に盛り上がり、一時間も二時間も、午前も来るし、午後にも集まる。たまに一人ということもあり、だれか来ないかな、と待っている。

11月18日

雪むかえ

ゆきむかえ

小春日に クモ高く飛ぶ 雪むかえ

11月19日

からっ風

からっかぜ

木枯らしは木の葉を吹き飛ばすが、からっ風は人間を遠慮会釈もなく襲う。セーターもダウンコートのガードも、物ともせず、突き刺してくる。

11月20日

えびす講

えびすこう

福々《ふくぶく》と七福神にいます神

11月21日

京の時雨

きょうのしぐれ

時雨は冬を告げる。降ったかと思うと晴れ、晴れたかと思うとまたパラパラ。美しい虹に驚くこともあるが、旅はやはり晴れるにかぎる。

だが、何年か前、京都の鞍馬寺から貴船神社へ、木の根道をこえていったことがある。空は青く、紅葉のなごりも美しく、義経や和泉式部の伝説も思われ、そこへ突然の雨。木陰にあわてて逃げこむと、待つというほどもなく晴れた。

それからもザーと降ってサッと晴れる。早いテンポ、繰り返しのリズムが気持ちよく、時雨は京に限ると、今も心はずむ。

二人して京の時雨にあひにけり

11月22日　ぬくもり

ぬくもり

買い物の帰り道、おや、背中にぬくもりが。

振り返れば、雲が切れ、お日様のやわらかな光が照っている。夏には避けて歩いた太陽を、包まれて嬉しいぬくもりと感じるなんて、いよいよ寒さも本番。

朝ごとの布団のぬくもりは別れがたいし、夜の食事も、湯気が恋しくて、鍋のまま食卓に。

一休みのお茶の時間、気がつけば両手にくるんで湯飲みのぬくもりを楽しんでいる。

でもやっぱり、第一番のぬくもりは人の絆。友がいる、家族がいる、新しい出会いもある。

と思っていたら「こんにちは」、小学生が見知らぬ私に明るい挨拶《あいさつ》。笑顔がはじけていた。

「寒いね」と話しかければ「寒いね」と
答える人のいるあたたかさ　俵万智

11月23日

一葉忌

いちようき

十一月二十三日は樋口一葉が亡くなった一葉忌。私は「いちようき」という響きが好きだ。一葉というペンネームが好いからだが、貧乏でお金がないから付けたという。達磨《だるま》大師には足がない。私にもおあしがない。達磨さんは葦の一葉に乗って海を渡ったという伝説があるから、私も一葉よ、と冗談のように言う。けれども、「桐一葉《きりひとは》」は没落の予兆。兄亡く、父亡く、財産無しという樋口家を背負って作家になろうとした時、心によぎった幻影ではないだろうか、「一葉」は。

11月24日

つるべ落とし

つるべおとし

秋の日はつるべ落とし。西に傾いたかと思うと、すとん、と落ちる。落ちればたちまちに闇のベールが落ちてくる。寒さもぐっと増してくる。じつは釣瓶《つるべ》井戸、みたことがない。でも、長い竹の先の釣瓶で汲むと聞けば、竹が天空のようにしなり、桶がすとんと井戸へ落ちていくイメージが鮮やかに思い浮かぶ。空は高く、夕焼けは焦げきわまり、夕日がすとんと落ちるたびに、秋の日はつるべ落とし、とつぶやいている。

11月25日

夜なべ ● よなべ

夜なべは母のぬくもり。子供のために夫のためにと、次々に縫ったり編んだり。

春も夏も母は夜なべをしていたのだろうが、思い出すのはやはり冬の準備の編み物姿。

「かあさんは　夜なべをして　手袋編んでくれた　木枯らし吹いて　冷たかろうてせっせと編んだだよ」と歌う時、私は私の、友は友の、母の姿を熱く思う。

私は自分の子供に手作りの愛をどれだけ与えられただろうか。

作るより買う方がいいわと様変わりした世の中に、夜なべの母をしみじみ思う。

11月26日

お菜洗い ● おなあらい

十一月の下旬、町内に、お菜洗いのにぎやかな声があふれる。温泉場なら暖かい洗い場があるが、町のこの辺りは、車を脇に出して、そこが臨時の洗い場。

大きな桶がドーンと運び出され、青々したお菜の大きな束がいくつも。陣頭指揮をとるおばあちゃんにお嫁さん、結婚した娘夫婦や孫たちまで手伝いに登場する家もある。

寒風が吹かねば良いが、水道の水は冷たく、それでも、この一日、明るい笑い声やおしゃべりが、お菜を漬けない私の家まで明るく包み込んでくれる。

11月27日

兜率の天

とそつのてん

宮澤賢治の妹は大正十一年十一月二十七日、二十四歳で亡くなった。

もしも妹が一緒に来てと頼んでくれたら、賢治は一緒にいっただろう。

でも、妹は「Ora Ora de shitori egumo」とはっきり言った。

そして賢治に頼んだ、「あめゆじゅとてちてけんじゃ」と。

美しいあめゆじゅを、美しいみぞれを、最後の食べ物として、妹は兜率《とそつ》の天《てん》にひとり行った。

そうと思いながらも、賢治は、おまえは、どこに行ったのだと、妹の姿を求め続けた。

11月28日

そばがき

そばがき

「坊っちゃん」のそば湯を思い　そば粉搔く

11月29日

花ひいらぎ

はなひいらぎ

ひいらぎにも白い花が咲きます、薫り高く。

11月30日

至福の時

しふくのとき

「至福の一時《ひととき》でした」という葉書が玄関のポストに。
九十一の叔父と連れ添う叔母とを、両親の墓参りの帰りに訪ねた数日後だった。
子どもは仕事で遠く暮らし、叔父たち二人はいつも二人の暮らし。
「この年になると、こうなのよ」と叔母は下降線をえがく。
「あんたたちが来てくれると、こう」と上昇曲線をえがく。
たわいのないおしゃべりと、大笑いにあふれた一時だった。
もっと近ければ、もっと行ってあげられるのにと、葉書の文字を眺めている。

師走

しわす

12月1日

師走

しわす

師が走る師走。十二月の、あわただしい気分も、師が走るといえば、なんとなくユーモラス。師はお坊さまが本来のようだが、私にはやはりわが恩師の姿。せわしない思いを抱えて、数年前なら、疑いなく走っておられたわが師。視力を失い、奥様も亡くされ、大好きな本も読めない。研究生活ももう続けられない。

昨年の師走、「先生、良いお天気、空もまっ青」と言ってみれば、「そうかねえ、僕には明るさもわからないんだ」

でも、師の笑顔にかげりはなく、亡き奥様の姿は、師のこころにくっきり焼き付いて、話しかけてくる時もある。

師よ、師走よ。

12月2日 スバル

すばる

凛《りん》とした響きがいかにも素敵なスバル。「さらばスバルよ」と歌い上げる谷村新司のヒット曲も、オリオンに愛された七人の娘というギリシア神話もある。

エキゾチックで、カシオペアやアンドロメダと並べたくなるが、スバルは「統《す》ばる」。一つにまとまるという意味の古い日本語で、六つぐらいの星がかたまって見える。

「星は　すばる。彦星。夕づつ」と、すてきな星の筆頭にスバルをあげた清少納言。

だから、たしかに日本語。それでも、なお、外国語みたいと思う私がいる。

12月3日 雪化粧

ゆきげしょう

もう一度会いたい雪景色がある。「山も野原も綿帽子かぶり」では積もりすぎ。たださっとひと刷毛、薄化粧としか言いようのない初冬の雪。

それは今年一番という寒い朝だった。夜の間に細かな雪が降り、町が、木々も家々も、清楚《せいそ》に淡い雪化粧。日はキラキラと輝き、空は抜けるように青かった。

「白いものがちらちらすれば、悪いものが降る、寒いものが降ると口々にののしりて」と嘆いた一茶には申し訳ないが、雪化粧はほれぼれと美しかった。

12月4日

畑終い ● はたじまい

一トンの堆肥積み上げ畑終い 友のメールに小鳥来る朝

12月5日

雪しぐれ ● ゆきしぐれ

天龍の 谷押しのぼる 雪しぐれ

12月6日

真綿色 ● まわたいろ

のどやかに真綿色あり 手に軽《かろ》し

糸にできない繭を引き延ばして乾燥した綿が真綿、軽くて白く暖かい。

12月7日　ダイヤモンドダスト

だいやもんどだすと

今年初のダイヤモンドダスト、北海道のニュース映像が流れ、キラキラと美しい光が舞った。小さな、小さな、光の舞いは、まれにしか見られない。

氷点下十度以下の早朝で、快晴でなくてはだめ、風があってもだめ。

空気中の水蒸気が凍るのだという。

南木佳士の小説『ダイヤモンドダスト』の中で出会ったのが、初めての体験だった。

12月8日　忘れ花

わすればな

初冬の庭は、花もなく紅葉もなく、淋しいなと思ったその一角に、思いがけず明るい色が。テッセンだった。一輪だけ、薄紫の花が咲いていた。

春と同じように大きく美しく咲くテッセン。この美しさを狂い咲きとは呼びたくないと思ったら、忘れ花という美しいことばがあった。

今年はもう一輪、シュウメイギクにも忘れ花。思いがけない贈り物を、切ろうか、切るまいか。思い切って、部屋の花瓶に移したら、美しいままずっと咲いていてくれた。

12月9日

北風小僧

きたかぜこぞう

北風は嫌われ者。頬を打ち、髪はざんばら。情け容赦なく体温を奪っていく。イソップの「太陽と北風」の昔から、朔風《さくふう》、寒風、空っ風、どう呼んでみても嫌われ者。ところが、NHKのみんなの歌に登場した「北風小僧の勘太郎」、北風小僧と言うだけで、不思議議や、愛すべきやんちゃ坊主に変貌する。子供は風の子元気の子、「風の又三郎」は不思議な子、私は猫族コタツの子、と冬が明るくなってくる。

12月10日

三十億年

さんじゅうおくねん

冬の森の中で出会った地衣類《ちいるい》。太い木の幹にびっしり付いていた。私には、幹を覆うさまざまなコケとしか見えなかったが、これは地衣類。海の藻の仲間と、地上の菌の仲間が、仲良く共生しているのだという。藻類が光合成を担い養分を作り出し、菌類は空気中の水分を取り込み、お互い、持ちつ持たれつ、厳寒の高山でも、熱帯の沙漠でも、南極も北極も、どんな環境でも協力し共生し、三十億年ほどにもなるという。

12月11日

雪の匂い

ゆきのにおい

幻の雪の匂いや 帰省の日

12月12日

小鳥来る

ことりくる

一枚のガラスの向こう草の実に次々小鳥来てはついばむ

12月13日

カサコソ

かさこそ

さっぱりと枯れ尽くしての自在なり
風のまにまに軽《かろ》くカサコソ

12月14日

双子座流星群

ふたござりゅうせいぐん

『流れる星は生きている』の作者藤原ていは、引き揚げ船の夜の甲板で、流れ星に祈りをこめた。このマストまで、消えずにくれば、大陸に残された夫は、きっと生きている、そう思い、祈った。

暗い夜空に、一瞬、明るく耀き、すっと流れて消える。

一年最後の十二月、三大流星群とも言われる双子座流星群が現れる。

凍てつく夜をいとわないなら、その夜こそ、もっとも祈れる夜となる。

12月15日

湯たんぽ

ゆたんぽ

湯たんぽを知らない人はいないだろうが、まさか、湯湯婆と書いて、ユタンポと読むとは。「千と千尋の神隠し」の湯婆婆《ゆばあば》に酷似しているから、あるいは、宮崎駿監督、もじっての命名であったかも知れない。

中国語では湯婆だけでユタンポ、冬には湯婆を、夏には円筒形の竹籠・竹夫人を抱く。古代中国の地球にやさしい発明品だった。ちょっと愉快だったのは語源説、湯たんぽもキリタンポもタンポポもみんな中が空洞、同じ語源ではないかというのだ。

12月16日

冬将軍

ふゆしょうぐん

今年は暖冬になるのだろうか。

町に住めば、まこと具合よく、スキー場関係者にはまこと悩ましい暖冬。

冬将軍はまさにその逆を行く。大雪を降らせ、海も山も大荒れの渦に巻き込む。

強い冬型のシベリア高気圧のことを、いつから、冬将軍と呼ぶようになったのだろう。

中国では冬のことを冬帝と呼ぶそうだが、やはり迫力は冬将軍。

大寒気団を引き連れた冬将軍の威圧感。

こちらも、いよいよ来たかと、兜の緒を引き締める。

それにしても、自然の猛威は猛暑も台風も同じなのに、それらに将軍の呼び名を進呈しないおもしろさ。やはり将軍は冬にこそ似あう。

12月17日

薪ストーブ

まきすとーぶ

しんしんと寒さ深まる十二月。

昼もまた、冬至まではひたすら短く、しかも大晦日《みそか》が控えている。あわただしい思いに駆られるのも、むべなるかな。そんな折、ほのぼの思い出されるのが、薪ストーブの暖かい火の色。

知人の家の室内に、ほの暗い夕暮れどき、じつに静かな時間が流れていた。燃える音はしていたのだろうか。

揺れる炎は、いつまで見ていても飽きることがない。

流れゆく川のように、寄せては返す波のように、自然のリズムは人を飽きさせない。

今の私たちに、初めて火を手にした人類の記憶があろうとは思えないのだが……。

燃える火は、そんな遠い記憶に、誘うような気さえしてくる。

12月18日 糀 こうじ

気配りゆたかな友が、「醤油豆《しょうゆ》の季節だよ」と米糀と豆糀を送ってくれる。できたての糀は生きている。手を入れればぬくもりが暖かく、米糀をまず甘酒につくり、豆糀と醤油と味醂《みりん》をまぜて四、五日、寝かせておけば、醤油豆の完成だ。なつかしい伝統の味を生み出す「こうじ」には、すでに中国生まれの「麹《こうじ》」という字があった。でも日本人、もうひとつ、「糀」という字を作ってしまった。まさに字のとおり、「糀」は、米の姿も見えないほど、真っ白な花に埋め尽くされている。

12月19日 ズク ずく

霜降月《しもふりづき》の霜が来て、雪待月《ゆきまちづき》の雪も来た。もう今年も残りわずか。さしあたっての課題は一年一度の大掃除。寒いし、忙しいし、いっそ信州流に、ズクやんで、やめてしまおうか。小ズクのない私にはかなりの誘惑ではあるが、子どものころの年の瀬はまず大掃除から始まった。父は頭をクルリと日本手拭いで包み、母は真っ白な割烹着《かっぽう》。子どもはもちろん総動員で、畳を上げて、障子も張り替え、家中がピカピカに。そして迎える正月のさわやかさ。やっぱり今年も、ズク出していこう。

12月20日

あとみよそわか

あとみよそわか

呪文のようなこの言葉。もともと作家の幸田露伴が娘の文《あや》に与えた呪文で、「掃除が終わった、バンザイじゃない、あとみよそわかだ。振り返って、見て、手落ちはないかと確かめるもんだぞ」という教えだった。「後見《あとみ》よ」に、真言陀羅尼《しんごんだらに》の結びの言葉「そわか」を添えたリズムの良さ。忘れん坊の私は、席を立つたび、そして仕事が終わるたびに、忘れ物はないかと「後見《あとみ》よそわか」。

一年最後の師走、残りわずかな日々に、より一層「あとみよそわか」が大活躍。

12月21日

ゆず湯

ゆずゆ

お風呂の中のいい匂い。まるで小さな太陽が浮かんでいるような、あの明るい色。子どものころから、冬至のゆず湯は定番だった。「ゆず湯に入れば風邪を引かない」と聞いて育ち、子の親となってからはなおさら、毎年欠かしたことがない。

色も匂いも、大好きなゆず。柚、柚子とも書くけれど、それは中国語、「ゆず」は昔ながらの日本語と思いこんでいたが、中国語の柚子 youzi の発音そのままらしい。でも冬至のゆず湯は風呂好きな日本人の独創らしく、冬至に湯治《とうじ》をかけた洒落心とも。

12月22日

墨の香

● すみのか

墨色の ほのかに艶《えん》の 香のゆらぎ

12月23日

裸木

● はだかぎ

裸木に 夏の繁りを驚嘆す

12月24日

サンタさん

● さんたさん

信じてる。 大きい靴下置いて寝る。

12月25日

降誕祭

こうたんさい

クリスマスよりも、ちょっと古風な響きの降誕祭。

十二月は冬の星座が美しく、星が降るようなきらめく空から地上に降りたった幼子イエス。そんなイメージが降誕祭にはある。

もともと、降誕は、神仏や偉人の誕生をあらわす特別なことばなのだそうな。

だからお釈迦《しゃか》さまも降誕され、イエスキリストも降誕された。

でも、今や、降誕祭は、俳句でいえば冬の季語。もっぱらクリスマスの意味となった。

釈迦降誕祭と釈迦をつけて呼ぶお寺もあるようだが、こちらのほうはもっぱら花まつりという美しい名で愛されている。

12月26日

数え日《かぞえび》

今年も残りわずかと、指折り数える歳末を、数え日と呼ぶ。段取りよく、すべて片付いたと思えれば、余裕の数え日。どうしても今年中にと思う仕事が残っていれば、髪振り乱す数え日になりかねない。江戸の川柳に、

　数へ日は親のと子のは大違ひ

本当に、同じように指折り数える師走の日々も、子どもたちは、「もういくつ寝るとお正月」と首を長くして待っている。

12月27日

万年青《おもと》

万年青は中国語で、日本ではおもと。日本にも自生し、ずいぶん古くから愛好されていた。しっかりとした緑の葉に命の力を鼓舞されたからだろうか。おもとは朱色の実も美しい。

雪中のわけてもしるき万年青の実　蛇笏

12月28日 餅つき もちつき

十二月に入ると、お米屋さんが、餅の注文取りにやってくる。子どものころの風物詩で、二枚とか三枚とか注文すると、伸し餅のまま、暮れ近い日に届く。耳の部分は切り落として子どものおやつ。あとはきれいな四角に切り揃え、正月元旦の雑煮を待つ。母がよく話したのは母の子どもの頃のこと。餅つき専門の業者が家々をまわって、竈《かまど》を築き、臼も持ちこみ、何人もの男手で搗《つ》き上げていく。大晦日まで大忙しの商人の町ならではの勇壮な餅搗きが、母のなつかしい師走の風景だった。

12月29日 魂祭 たままつり

義母を亡くした年の暮れ、近所の方が「お線香をあげたい」と訪ねてくれた。こんなゆかしい風習があるとはと、いまだに忘れられない。信州だけの習慣かと思っていたら、吉田兼好の『徒然草』に魂祭の話があった。亡き人の魂はお盆だけでなく、大晦日《みそか》にも帰ってくる。だから、魂祭も夏冬二度だったのに、「このごろ京の都ではなくなり、関東の方ではまだ残っている、ゆかしいな」と。それから八百年、この信州に、ゆかしい年の暮れの風習が残っていた。

12月30日

行く年来る年

ゆくとしくるとし

時の歩みの早いこと。

少し待って欲しいのに、「時」は歩みをとめず、振り向きもせずタッタカタ。

「人」もつい仕事に追われてタッタカタ。

でも、「われら人間」は、立ち止まることができる。

過ぎゆく年を抱きしめ、惜しむこともできる。そう、今年、若き友は新婚の旅に出た。

待望の初孫に大喜びした先輩もいる。

でも、今年、身内を大震災で失い、悲しみに踏ん張らねばならなかった友もいる。

その年が行く。あした迎える大晦日《みそか》、真夜中の日本列島に、新しい年の、軽やかな足音が聞こえてくることを祈る。

12月31日

お年取り

おとしとり

大晦日《みそか》は年越し蕎麦《そば》であっさりすませ、晴れのお節は元日の朝。

これが千葉がルーツのわが家の風習だった。ところが、つい最近、驚くべき発見を。

年取り魚が鰤《ぶり》か鮭かは、地域によりご家庭により伝統のこだわりがあるが、信州のご家庭の多くは、大晦日のお年取りにこそ、もっとも盛大に家族がそろい、大御馳走がふるまわれるというのだ。

お年取りとは皆いっせいに年をとる、数え年の風習のこととだけ思っていた私は、お節料理もこのお年取りの宴にこそ、という発見にびっくり仰天。

ご家庭内の行事は、案外気づかぬものなのですね。

去年今年

こぞことし

年の節目に、必ず思い出す高浜虚子の句。

去年今年貫く棒の如きもの

大晦日から新年へ、たった一晩で、昨日は去年となり、今日は今年となる。

時の流れに大きな節目がつくが、でも、節目をこえて、変わらぬもの、節目をこえて、変えてはならぬものもある。

俳句集団を率いて明治大正昭和の虚子は、年が変われど、貫く棒のごとく信じる道を歩み通す。さて、私の貫くものは……。

あとがき

生まれながらに、なにげなく使っている「ことば」。

よちよち歩きの幼い子が道端の木の葉を拾っている。「いいもの、見つけたんだ、えらいいねえ」と声をかければ、ウーとかいって全身で嬉しさを見せてくれる。まだ話せないころから、「ことば」に包まれて育ってきた私たち。

東京、沖縄と移り、信州での暮らしが始まって、「おら」というおばあさまに、宮澤賢治の若い妹と同じだとなつかしさを感じたり、昼間の別れに「おやすみなさい」と挨拶されてとまどったり…。

当たり前だった「ことば」が、キラキラと輝いて、暖かい土地ばかりで育った私には信じられないほど寒い冬。「凍みますね」の挨拶に、「おちゃっこ」の幸せ、「雪化粧」の美しさ。わあー、きれいなどと惚れ惚れしていないで、さっさと雪かきをするもんだという常識に目覚め、その度に、「ことば」に出会っていった。それらが、新鮮な異文化体験となって、「ことば」に興味津々、だれかに感謝したい幸運だった。

地域が、自然の移りゆきが、山や谷が、そんな日常に、「ことば」が新鮮に輝いて、この人情とこの季節のなかに、「ことば」を置いていきたくなった。一年、三百六十五日、かけがえのない私たちの一日、その一日に、その日らしい「ことば」を置いて、大事に大事に、人生を生きていきたい。

「ことば」は、思い出の中にふとよみがえることもあり、散歩の折にも、ご近所の語らいの中にも、本の中にも、至るところに、かけがえのない私たちの「ことば」があった。

そんな「ことば」を大切に、文章を添えたり、句や短歌やつぶやきを添えた。自分の「ことば」にはこだわり、季語や歴史的仮名遣いにはこだわらなかった。つたない文章ではあるが、「ことば」の世界を、楽しんで読んでいただけたらと思う。そして明るい思いを胸にしていただけたら、どんなに幸せだろうか。

私の原稿を、すてきな本の形にしてくださったのは、信濃毎日新聞社出版部の山崎紀子さんと、デザイナーの酒井隆志さんのおかげです。広告局開発部の企画「ことばのしおり」でも大変お世話になりました。

2018年8月

堀井正子

索引

堀井正子　ほりいまさこ

文学研究家。

千葉県生まれ。東京教育大学文学部卒業。東京、沖縄、中国を経て、現在長野市在住。長野県カルチャーセンター、八十二文化財団教養講座等の講師のかたわら執筆活動を行う。レギュラーを務める信越放送ラジオ「武田徹のつれづれ散歩道」でのやわらかい語り口にはファンも多い。信濃毎日新聞広告企画「女性のための読書案内クレソン」で2001年から、エッセイ「ことばのしおり」を連載している。

■主な著書

『ことばのしおり』『ことばのしおり其の弐』『出会いの寺　善光寺』『源氏物語　おんなたちの世界』『戸隠の絵本』『絹の文化誌』『小説探究　信州の教師たち』（信濃毎日新聞社）
『堀多恵子・山ぼうしの咲く庭で』『異空間軽井沢　堀辰雄と若き詩人たち』『本の中の信州白樺教師』『近代文学にみる　女と家と絹物語』（オフィス・エム）
『ふるさとはありがたきかな　女優松井須磨子』（こころの学校編集室）ほか

装幀　酒井隆志

編集　山崎紀子

日々　ことばのしおり

2018年10月11日　初版発行

著　者　堀井正子
発　行　信濃毎日新聞社
〒380-8546　長野市南県町657
tel 026-236-3377 fax 026-236-3096
https://shop.shinmai.co.jp/books/
印　刷　藤原印刷株式会社

JASRAC 出 1810053-801
© Masako Horii 2018 Printed in Japan
ISBN978-4-7840-7336-8　C0095

定価はカバーに表示してあります。
乱丁・落丁本はお取り替えいたします。

本書のコピー、スキャン、デジタル化等の無断複製は著作権法上での例外を除き禁じられています。本書を代行業者等の第三者に依頼してスキャンやデジタル化することは、たとえ個人や家庭内の利用でも著作権法上認められておりません。